文学语篇翻译的多维研究

李 健●著

东北师范大学出版社

图书在版编目(CIP)数据

文学语篇翻译的多维研究 / 李健著. -- 长春：东北师范大学出版社, 2017.5（2024.1重印）
ISBN 978-7-5681-3049-3

Ⅰ.①文… Ⅱ.①李… Ⅲ.①文学翻译 Ⅳ.①I046

中国版本图书馆CIP数据核字(2017)第103376号

□策划编辑：王春彦
□责任编辑：卢永康　肖茜茜　　□封面设计：优盛文化
□责任校对：赵忠玲　　　　　　□责任印制：张允豪

东北师范大学出版社出版发行
长春市净月经济开发区金宝街118号（邮政编码：130117）
销售热线：0431-84568036
传真：0431-84568036
网址：http://www.nenup.com
电子函件：sdcbs@mail.jl.cn
河北优盛文化传播有限公司装帧排版
三河市同力彩印有限公司
2017年10月第1版　　2024年1月第2次印刷
幅画尺寸：170mm×240mm　　印张：11.5　　字数：177千

定价：40.00元

简介

　　本书主要从语言学理论和文学理论的视角来探讨文学语篇的翻译。在语言学理论的框架下，本书主要梳理了主位和主位推进模式在文学语篇分析以及文学语篇翻译中的应用，然后深入探讨了英汉语篇翻译中主位推进模式的分类、转换及其制约因素，同时分析了英汉翻译转换过程中的搭配限制。在文学理论的框架下，本书主要从阐释学、接受美学等视角探讨了文学翻译中的审美再现，并从后殖民主义的视角探讨了文学作品翻译中的一些现象。本书还结合一些文学作品的译文探讨了文学语篇的翻译策略，分析了翻译策略所折射出的译者的文化立场。

目录

绪论 / 001

上篇　语言学理论的视角 / 013

第一章　主位推进模式在文学语篇分析中的应用 / 014

第二章　基于主位推进模式的语篇翻译研究 / 022

第三章　主位理论在英汉语篇翻译研究中的应用 / 030

第四章　对英汉语篇中主位推进模式分类的再思考 / 040

第五章　汉英语篇翻译中主位推进模式的转换 / 054

第六章　汉英语篇翻译中主位推进模式转换的制约因素 / 069

第七章　英汉翻译转换过程中的搭配限制 / 076

中篇　文学理论的视角 / 085

文学理论的视角 /

第八章　汉语散文翻译中的审美再现：以《樱之家》的英译为例 / 086

第九章　从阐释学的视角看文学翻译中的审美再现：以《洛丽塔》的汉译为例 / 092

第十章　接受美学视角下的文学翻译：以《老人与海》的汉译为例 / 100

第十一章　翻译与文化身份的构建：后殖民主义视角下的华裔美国文学 / 109

I

下篇　文学语篇的翻译策略　/ 117

第十二章　从翻译策略看译者的文化立场：以霍译《红楼梦》为例　/ 118

第十三章　文化视角下概念隐喻的翻译策略：以《红楼梦》中的隐喻翻译为例　/ 126

第十四章　幽默的文化依赖性及其翻译策略：以《围城》的英译为例　/ 134

第十五章　关联理论视角下的诗歌隐喻翻译：以李白诗歌的英译为例　/ 140

第十六章　意象翻译中的文化亏损及补偿策略　/ 146

第十七章　林语堂英译中国儒家经典作品研究：基于功能翻译理论的视角　/ 154

第十八章　论影视作品翻译中的译者注　/ 160

参考文献　/ 167

绪论

重释翻译中的"等值":从"对等"到"对应"

一、引言

"等值"是翻译理论中的一个核心概念,同时也是一个颇受争议的概念。由于人类文化具有共核,等值翻译存在可能性;但由于不同语言和文化背景的差异性,完全等值是不可能的。由于受到诸多因素的制约,翻译等值实质上是个变量,并呈现出一定的层次性和相对性。传统的翻译理论常常把"等值"绝对化并视其为翻译的最高标准,往往从源语出发,事先设定等值的种种条件去指导译者的翻译实践并以此为标准去评判译文的优劣。然而,由于翻译行为要在很大程度上受到译语的语言规范和文化语境的制约,往往不能达到所谓的完全等值。本文拟在简要概述翻译等值论及其不足的基础上,就转换等值研究的视角进行尝试性的探索。

二、翻译等值论及其局限性

等值(equivalence)是从数学领域引入翻译界的一个概念。在数学研究中,等值表示严格的逻辑相等,比如1+1=2,这便是等值。把它借用到翻译研究中来,其含义发生了嬗变。等值论是以语言学为理论基础发展而来的,是现代语言学派翻译理论研究的成果。第一个明确提出等值概念的是苏联的翻译理论家费道罗夫(1953年发表的《翻译理论概要》一书中)。其后,奈达(E. Nida)在1964年发表的《翻译科学探索》中提出了"形式对等"（formal equivalence）和"动态对等"（dynamic equivalence），到20世纪80年代中期又把"动态对等"修正为"功能对等"（functional equivalence）。卡特福德（J. Catford）于1965年发表了《翻译的语言学理论》，提出了语篇等值（textual equivalence）的概念。自20世纪五六十年代以来，许多翻译理论家均把这一概念作为自己理论体系的一个重要内容并做出详尽的论述，如雅各布森（R.Jakobson）、科勒（W.Koller）、威尔斯（W.Wilds）、贝克尔（M.Baker）等都分别从不同的角度对等值进行了探讨。限于篇幅，我们在讨论中主要以奈达和卡特福德的论述为代表。

（一）从翻译的定义看等值

奈达在论述翻译的性质时说："翻译是指在译语中用最切近而又最自然的等值成分复制源语信息，首先在意义方面，其次在文体方面。"（Nida & Taber, 1969/2004：12）卡特福德借用韩礼德（M.A.K.Halliday）的系统功能语法来研究翻译中的一些理论问题，卡氏在界定翻译时说："一种语言（源语）的语篇材料被另一种语言（目的语）的等值的语篇材料所替换。"（Catford, 1965：20）

从以上定义可以看出，等值都是界定翻译时的核心概念，翻译就是要追求译文与原文的最大限度的等值。卡特福德的翻译概念，是在语言的不同层次上追求形式上的对应和语义上的等值，尽管从某个侧面反映出翻译的本质在于建立源语和译语的等值关系，但过于机械化，因为他把翻译仅仅局限于语言现象，没有看到其背后隐藏的文化信息，因此无法解释由于文化差异导致的事实上并非"等值"的翻译现象。奈达对翻译的探讨不仅仅停留在语言形式和意义层面上，同时还注意到了交际目的方面的因素，比如强调译文表达的自然流畅，即可接受性。

（二）从对翻译的论述看等值

卡特福德将功能语法系统地应用于翻译理论，以严格的概念体系论述了翻译的性质、翻译等值的条件等。他把语言分为音位、字形、语法、词汇等不同的层次，并分别讨论了翻译等值在这些层次上建立的可能性，在不可能实现等值的情况下，又论述了可译性限度问题。卡氏还对形式对应（formal correspondence）和语篇等值（textual equivalence）作了区分（Catford，1965：27），并指出"翻译实践的中心任务就是寻找等值的译语，而翻译理论研究的中心任务则是界定翻译等值的性质和条件"。（Catford，1965：21）由此可见，卡氏心目中的翻译就是在所有潜在的等值译语中为源语寻找最合适的等值成分的过程。

奈达在《翻译科学探索》一书中提出了"形式对等"和"动态对等"两个概念，并指出"前者在形式和内容上强调语言信息本身；后者旨在实现译语表达的可接受性和自然流畅"。（Nida，1964/2004：159）传统地从语言学的角度来探讨翻译，大都围绕着语言层次来研究两种语言间的对等，即语言形式的对等（包括形式上和内容上的对等），并且探讨等值往往只涉及原作、译作、原作者和译者的关系。奈达把信息论引入翻译理论，从读者接受原文信息的角度出发，阐述了动态对等的原则，他强调"译文接受者和译文信息之间的关系，应该和原文接受者和原文信息之间的关系基本上相同"。（同上：159）从奈达的论述中不难看出他把动态对等视为一种更有效的翻译手段，从而使译文对目标语读者也能产生同样的效果，也即是金堤在《等效翻译探索》一书中所强调的"等效"原则。奈达还率先在翻译理论研究中引入了读者，明确提出了著名的"读者反映论"。

传统的翻译理论中对等值的探讨大都是从源语出发，事先厘定翻译等值实现的种种原则或标准以供译者遵循，把原作本身视做翻译的绝对标准，要求理想的译文必须与原文实现等值。中国的传统翻译理论中虽然没有明确的"等值"概念和理论体系，但在翻译标准上却提出了"信、达、雅""忠实、通顺"等一系列概念。这些概念与西方译论中的"等值"概念实质上是一致的，即都是追求译文与原文之间最大限度的对等。中国的翻译研究"焦点一直放在制定标准上面，而且是要制定单一的，万能的，永恒的标准。"（张南峰，2004：15）翻译理论的主要任务就是"制定标准并且指导译者达到标准，这种传统理论，是以翻译标准为核心的"。（同上：23）"中国的传统翻译学，其实是以'忠实'为目标的应用翻译学。"（同上：24）但应该清醒地认识到，作为评价译文优劣的标准，

"等值"或"忠实"只能是相对的。

(三) 翻译"等值"的局限性

1. 制约等值实现的因素

不同的国家和地区由于在自然环境、社会制度、历史文化传统等方面存在着差异，必然带来文化上的差异，这有时会成为翻译等值实现的障碍。另外，不同的民族具有不同的语言，而不同的语言肯定具有不同的形式和规范，由于这种不同语言之间的差异，译文有时很难做到完全等值。"在翻译的过程中，原文并不是决定一切的因素。"（张南峰，2004：20）因此，翻译等值要受到许多因素的影响，有研究者曾指出影响翻译等值效度的六种因素，即"意识形态，文本信息，跨文化因素，诗学影响，译者素质以及赞助系统"。（陈萍等，2005：160-162）

我们认为可以从两个大的方面去分析制约等值实现的诸多因素，即语言层面和文化层面。语言层面的制约因素主要表现在语言形式和语言规范上，比如不同的语言具有不同的语法结构和特有的语言修辞手段，有时一种原文可能有多种"等值"的译文，而有时却找不到任何"等值"的译语成分。

翻译不仅是两种不同语言符号之间的操作，还是两种文化之间的转换。文化层面的制约因素首先表现在文化差异上。不同民族的文化之间存在着差异，这些文化方面的差异对翻译等值的实现有很大的制约作用，往往在跨文化交际中导致语用失误并带来翻译中的难题。一些具有民族特性的事物，比如龙是中华民族的图腾和皇权的象征，而西方人却认为龙是邪恶的象征，从而导致等值翻译中的障碍。文化差异所带来的词汇空缺，即源语词汇所承载的文化信息在译语中不存在，找不到翻译等值成分，从而导致翻译的不等值甚至不可译问题。总之，两种语言和文化之间的差异越大，在翻译中实现等值就相对越难。其次，当代翻译理论家勒菲弗尔（Andre Lefevre）认为，意识形态、诗学和赞助人是目标语文化系统操纵文学翻译的三种基本力量，它们也是文化层面上重要的制约因素。它们对翻译的影响是多方面的，往往从宏观层面到微观层面操纵着译者的翻译实践，不仅制约着翻译的选材、翻译目的，还制约着译者具体的翻译策略和方法。

2. 等值的相对性和层次性

虽然等值在某种程度上（比如在语言的某个层次上）通常能够实现，但它同时也受到种种语言和文化因素的制约，因而总是相对的。奈达指出："绝对的等值是不可能的。"（Nida，1984：14）卡特福德在语言的几个不同层次上来探讨翻译等值，其实也告诉了我们翻译不可能在语言的所有层面上同时做到等值，因而我们认为等值同时具有层次性。文学翻译中译者有时很难在语言的相同层次上找到译语的等值成分，往往需要在更高的层次上（有时甚至要在语篇外）寻找等值成分。张宝钧认为"等值具有层次性、相对性和动态特征"。（张宝钧，2003：102-104）

等值作为翻译标准也具有相对性。"忠于原文不是理所当然的，唯一的标准……"（张南峰，2004：20）"等值理论要在中国翻译界成为可以指导翻译实践的一种标准，必须从翻译标准立体多元的本质出发，建立一套多元互补的等值标准体系。"（韩子满，1999：68）他还论述了翻译标准体系中三种不同层次的标准，即"绝对标准、最高标准和具体标准"。（同上：70）由于翻译过程"受到译者的特定性，文本的特定性和接受者的特定性三种因素的制约，……翻译等值呈现出一定的相对性。"（程平，2002：107）

由于等值要受到多种因素的制约，译语不可能在所有层次上实现等值，等值是有层次的。因此，我们对翻译等值的认识不能仅仅停留在某一个层面上。同时由于不同语言和文化的差异，等值也不是指绝对的相同（same），而是相对的。

三、"等值"：从规定走向描写

翻译研究从一开始的经验范式转向语言学范式，近年来又过渡到文化范式，伴随着研究范式的转变，翻译研究在其基本观点、研究对象、研究方法等方面均发生了变化。传统的经验式译论和语言学范式下的翻译研究都呈现出"规定性"（prescriptive）的特点。传统译论的显著特征就是对翻译标准的关注，往往把原作视为翻译的绝对标准，把"忠实"

于原作看作翻译的唯一目标,彰显出其规定性的本质。把翻译研究与语言学结合起来的现代语言学范式往往从源语的语言结构出发,进行语言对比研究,探索两种语言之间的转换规律,寻找相应的翻译方法并总结出一套翻译规则让译者去遵循。其关注的焦点是如何实现译文与原文之间最大限度的"等值",从根本上讲也是规定性的。规定性翻译研究的显著特点就是"制定出种种规范让所有译者在他们的翻译实践中去遵照执行",(林克难,2001:43)而不去考虑翻译的现实问题,忽略了翻译与社会文化之间的联系。"以往翻译理论的偏差在于把规定性翻译研究看成翻译研究的全部,缺少一个描写的层面。正因为缺少对现实翻译现象全面系统的描写,所以就以偏概全,致使理论缺少必要的概括性和普遍性。……而解决这一局面最好的办法就是接受目的语文化系统中存在的一切翻译文本,对现实的翻译行为进行全面系统的描写。"(申连云,2004:78)

(一)描写翻译研究的意义

早在1972年,美籍荷兰学者霍姆斯(J. Holmes)就在其发表的《翻译研究的名与实》(The Name and Nature of Translation Studies)一文中正式提出了描写翻译研究的概念,并将其纳入自己构想的翻译研究框架之中。以色列学者图里在其专著《描述翻译学及其他》一书中系统地阐述了描述翻译学的理论框架和方法论基础,进一步推动了描写翻译研究的发展。他们都认为翻译学实质上是一门实证性的学科,并指出"任何一门实证学科,如果没有一个描写分支,就不具备完整性和独立性"。(loury,2001:1)翻译学的两大目标是描写客观的翻译现象和建立能够解释和预测这些现象的原则和参数体系,其基本研究方法是观察、描写和解释。

众所周知,翻译是众多因素综合作用的结果,除原文之外,译者、目标语文化、翻译目的、目标读者的期待等因素都会对翻译产生重大的影响。因此,我们不能只局限于研究翻译的微观操作层面,制定种种标准和规范,为翻译实践提供直接指导的应用研究,还应扩大研究范围,把翻译作为一种重要的社会文化现象加以描写,研究从翻译过程开始以前到翻译产品面世以后的各个阶段,只有这样才能反映出翻译活动的全貌，从而对翻译现象有一个更加全面、客观的认识。描写翻译研究就是要运用描写的方法，将翻译活动及译本置于较大的文化语境中加以考察，把翻译的研究视角从内部研究转向外部研究，揭示翻译活动所受到的诸多社会文化因素的影响和制约，因而对翻译现象具有更深广的解释力。例如，中国历史上出现过三次翻译高潮：东汉至唐宋的佛经翻译、明末清初的科技翻译和鸦片战争至"五四"的西学翻译，每次翻译高潮的出现都与当时的社会文化背景密切相关。如果不去分析翻译现象背后的制约因素就不能有效地描写和解释这些翻译现象。描写翻译研究把翻译语境化（contextualize），"即从宏观的角度，将其放入一个大的历史文化语境中去考察"，（林克难，2001：44）研究翻译发生时的社会文化背景以及翻译对目标语文化所产生的影响和作用，便能对此做出令人信服的解释。描写翻译研究也可以解释为什么同一个原文会在不同的译者手里、在不同的时代出现许多不同的译文。因此，描写翻译研究摆脱了传统的"等值"论的羁绊，使我们能够更加清楚地认识翻译现象，从而使翻译研究超越了传统译论的局限性，并获得了广阔的发展空间。

描写翻译研究是以目标语为取向的，将目光投向目标语的社会文化语境并考察翻译与其所在的目标语文化之间的互动关系。它从目标语文化的角度去看待翻译问题，考察实际存在的各种译本。其目的不在于制定翻译规范，而是要在对译本的全面考察和客观描写的基础上，找出译者所实际遵循的规范并解释其原因。描写为翻译研究提供了客观的依据，描写翻译研究的最终目的是确立翻译的普遍规律（general laws），为我们解释一些翻译现象提供一个理论框架，使我们能更加全面、客观、深入地看待并且合理地解释种种翻译现象。

图里指出：翻译就是"目标语文化中表现为翻译或者被认为是翻译的所有语篇，不管所根据的理由是什么"。（loury，2001：32）因此，描写翻译研究"极大地丰富了翻译的概念，开阔了翻译研究的视野，提高了翻译研究的地位，促进了翻译研究的学科化"。（韩子满等，2005：97）"相对于规范性的翻译理论，描写性翻译理论的一个最大的特点是它的宽容"。（林克难，2001：43）"描写学派的功劳在于给予各种各样的翻译以正确的定位,避免了由于规范性的翻译标准而造成的概念上的困惑以及无谓而又无止无休的争论"。(同上:44)我国学者张美芳在比较中西方译学构想后指出:"中国学者较为重视应用译学分支;西方学者较为重视对翻译客观现象的描写",并指出"这正是翻译研究得以在西方蓬勃开展的基础"。(张美芳,2001:20)她还认为"描写翻译研究在我国尚未受到足够的重视,这也许正是我们的翻译研究无法深入发展的一个主要原因"。(张美芳,2000:68)香港学者张南峰也认为我国翻译研究的出路是"建立一门独立的翻译学","扩大研究范围","开展描述性的翻译研究"。(张南峰,2004:6-8)描写翻译研究不仅大大丰富了翻译的概念,而且将目光投向更为宽广的研究领域,通过对目标语文化系统中翻译语篇的实际考察和客观描写去解释种种翻译现象,具有更强的解释力,因此我们应该加强描写翻译研究。

(二)描写译本"对应"的事实

要想从规定性的翻译研究走向描写性的翻译研究,我们必须把研究视角从原文转向译文,从事先制定种种规范并对译文做出价值判断转向全面观察和客观描写实际存在的译本,找出译者实际遵循的规范,并对制约译者翻译活动的种种因素做出解释。为此,我们必须区分从源语出发对建立翻译等值的理论思考和通过观察、比较原文和译文所发现的实际等值。卡特福德曾指出:"必须区分在对比源语语篇和目标语语篇时发现的作为经验现象的翻译等值和翻译等值的潜在条件或理由。"(Catford,1965:27)图里也提出区分潜在等值(potential equivalence)和实际等值(actual equivalence)。(loury,1980:65)翻译等值也可以区分为"经验性的(empirical)等值概念和理论上的(theoretical)等值概念,前者是描写性的(descriptive)概念,指比较源语和目标语实际语篇之间存在的事实关系,即能直接观察到的具体事实,此种意义上的等值是一个只有在译本产生以后才能确立的经验性范畴;后者是预期的(prospective)、规定性的(prescriptive)概念,指抽象的、理想的源语与译语之间的关系"。(Baker,2004:79)做出这种区分具有非常重要的理论价值和实践意义。我们应该停止对抽象的等值概念泛泛而谈,这对于翻译理论或翻译实践都没有多大意义，等值的概念应该以具体的语篇为参照对象。我们的理论研究焦点应该"从'等值'这一类先决条件转移到在源文本及其'实际替代功能'之间所建构的'现实关系'之上"。（傅永林，2001：68）

我们先看下面一段例文：

The first snow came. How beautiful it was, falling so silently all day long, all night long, on the mountains, on the meadows, on the roofs of the living, on the graves of the dead！ All white save the river, that marked its course by a winding black line across the landscape; and the leafless trees, that against the leaden sky now revealed more fully the wonderful beauty and intricacies of their branches.

初雪飘临，犹如万花纷谢。整日整夜纷纷扬扬，真美极了。雪花无声无息地落在山岭，落在草地，落在世人的房顶，落在亡者的坟茔。茫茫大地，粉妆玉砌，唯有长河逶迤，有如黑色的缎带飘落在皑皑的雪原。枯藤古树，枝丫盘错，光秃秃地直刺灰蒙蒙的苍穹。此刻越发显得苍古遒劲，奇特壮观。

原文是一段写景散文的语篇。通过对比译文与原文我们可以观察到译文在哪些方面做到了与原文的"等值"，哪些方面"偏离"了原文；然后描写译文是如何偏离原文的；最后解释译文为何偏离了原文。译文中的"犹如万花纷谢""纷纷扬扬""粉妆玉砌"在原文中找不到"等值"的成分，此外译文还调整了原文的结构形式，把原文第二句拆成了两句话来表达，等等。译者这样做的原因大致有以下几点：首先，译者受到汉语（目标语）语言规范的制约，汉语的特点是"重意合"，而英语的特点是"重形合"，因此译者突破了原文形式结构上的框框，在保存原文词语的意属关系（而非形属关系）的前提下灵活调动译文。其次，译者受到汉语（目标语）诗学规范的制约，汉语的文学规范要求写景散文要优美、辞藻华丽，因此译者大量使用四字短语和文学语言。最后，译者还受到目标语读者的影响，汉语读者对写景散文有此种阅读期待，因此译者尽量使译文优美以满足目标语读者的审美情趣。

我们应该从事先规定"等值"的种种条件转向对译本中的实际"对应"情况进行观察和描写，在译本对比的基础上考察各种层面的制约翻译选择的因素。即通过比较译文与原文，观察译文在哪些方面做到了与原文的"等值"，哪些方面没有实现与原文的"等值"；再去描写和分析译文的特点，看看译者实际上采用了什么样的翻译规范；并对制约其行为的种种因素做出合理的解释。"翻译描写应包括翻译活动的全部选择过程以及与其相关的各种因素。"（范祥涛，2004：61）因此进行译本对比时，既要从微观层面上考察译本语言的特点、语境中语义的传达以及译本与原文的"等值"和"不等值"，还要从宏观层面上考察制约翻译"等值"实现的社会文化因素。卡特福德曾颇有远见地指出："语篇等值是一个经验性的、具有概率的现象，某一特定的源语形式被翻译成特定目标语形式的概率（probability）可以在以往经验的基础上通过计算得出，并由此形成有概率的翻译规则（probabilistic translation rule）。"（Catford，1965：31）我们可以在大量描写的基础上，借助于统计方法进行计量研究，得出基于概率的翻译规则，进而探求翻译等值的普遍规律，建立一些可以指导翻译实践的原则；同时揭示某一文化系统中一系列制约翻译等值的因素，并提供一个理论框架去解释翻译现象及其制约因素。

四、结语

综上所述，我们应该转变观念，转换视角，从目标语出发去观察和描述译本中的实际"对应"情况（包括等值和不等值的情况），并对影响和制约等值实现的诸多因素做出解释，在此基础上进而探求翻译等值的规律性，并且在翻译实践中验证这些规律。

» 本章参考文献

[1] Baker, Mona. The Routledge Encyclopedia of Translation Studies [M]. Shanghai: Shanghai Foreign Language Education Press, 2004.

[2] Catford, J. C. A Linguistic Theory of Translation [M]. London： Oxford University

Press, 1965.

[3] Nida, Eugene A. Toward a Science of Translating [M]. Shanghai: Shanghai Foreign Language Education Press, 2004.

[4] Nida, Eugene A. & Charles R, Taber. The Theory and Practice of Translation [M]. Shanghai： Shanghai Foreign Language Education Press, 2004.

[5] Nida, Eugene A. Approaches to Translating in the Western World [J]. Foreign Language Teaching and Research, 1984,（2）.

[6] loury, Gideon. In Search of a Theory of Translation [M]. Tel Aviv: The Porter Institute for Poetics and Semiotics, 1980.

[7] loury, Gideon. Descriptive Translation Studies and Beyond [M]. Shanghai: Shanghai Foreign Language Education Press, 2001.

[8] 陈萍,崔红.影响翻译等值效度的因素[J].湘潭师范学院学报（社会科学版），2005（6）.

[9] 程平.翻译等值相对性探析[J].湘潭大学社会科学学报，2002（1）.

[10] 范祥涛.描写译学中的描写对象和描写方式[J].外国语，2004（4）.

[11] 傅勇林.翻译规范与文化限制[J].外语研究，2001（1）.

[12] 韩子满.翻译等值论探幽[J].解放军外国语学院学报，1999（2）.

[13] 韩子满,刘芳.描述翻译研究的成就与不足[J].外语学刊，2005（3）.

[14] 林克难.翻译研究：从规范走向描写[J].中国翻译，2001（6）.

[15] 申连云.翻译研究中的规定和描写[J].外语教学，2004（5）.

[16] 张宝钧.重新理解翻译等值[J].四川外语学院学报，2003（1）.

[17] 张美芳.翻译学的目标与结构[J].中国翻译，2000，（2）.

[18] 张美芳.中西方译学构想比较[J].中国翻译，2001，（1）.

[19] 张南峰.中西译学批评[M].北京：清华大学出版社，2004.

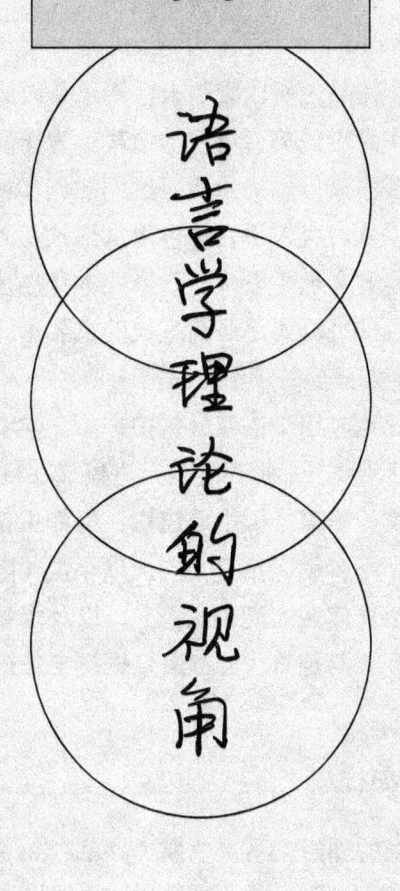

上篇

语言学理论的视角

第一章　主位推进模式在文学语篇分析中的应用

一、引言

　　一部优秀的文学作品之所以吸引人，不仅是因为作者精心安排的情节和内容，还因为作品中优美、精致的语言。为作品内容找到恰当的语言表达形式，是许多作家苦思冥想所要达到的创作境界。因此，对文学作品进行分析既可以从内容入手，也可以从形式切入，因为内容由形式来体现，形式是内容的实现手段，而且形式本身也往往承载着意义以及作品的文学性。主位推进模式是语篇生成的重要形式手段，体现了语篇的谋篇意义，从一个方面反映了语篇对概念意义和人际意义的组织方式。主位推进模式被广泛地应用于语篇分析中，不少学者都把它与具体的语篇类型结合起来进行研究，如探讨主位推进模式在科技语篇、广告语篇、新闻语篇、医学语篇等语篇分析中的应用，但将主位推进模式与文学语篇结合起来的研究尚不多见，仅有李国庆以小说《老人与海》为例探讨了主位推进模式与语篇体裁之间的关系[1]，以及张曼探讨了意识流小说中主位推进模式的变异与连贯[2]。本文拟探讨主位推进模式在文学语篇分析中的应用。

二、主位推进模式

　　根据布拉格学派的创始人马泰休斯（Mathesius）提出的句子实义切分法，每个句子都可以从语言交际功能的角度划分为主位（Theme）和述位（Rheme）两个语义组成部分。后来系统功能语言学派的代表人物韩礼德（Halliday）接受并发展了这一理论。"主位是小句信息的出发点，是小句所关心的成分；述位则是对主位的陈述，是围绕主位而展开的内容。"[3] 主位是在语篇的大背景下针对小句结构进行描述时的一个重要概念，主位总是位于小句句首，从句首开始，到话题主位截止，充当小句主位的成分应该是及物性系统中的一个成分（如参与者、过程或环境成分）。

当一组有意义的句子构成一个连贯的语篇时，小句的主、述位之间会发生某种联系和变化，并推动着语篇的有序发展，这种联系和变化被称为主位推进（Thematic Progression）。捷克语言学家 Danes 首次提出了"主位推进"这一概念[4]。每个语篇都可以看成是一个主位的序列，在结构形式上表现为主位的衔接与推进，"随着各句主位的向前推进，整个语篇逐步展开，直至形成一个能表达某一完整意义的整体。"[5] 虽然语篇的体裁、类型多种多样，语篇中的主、述位的衔接千变万化，但语篇中的主位推进又是有规律可循的，国内外许多研究者都在探讨语篇结构的基础上归纳了各自不同的主位推进模式。Danes 最早提出了常见的五种主位推进模式[4]，目前常见的分类还有：徐盛桓提出的四种主位推进模式[6]；黄衍总结的七种主位推进模式[7]；黄国文归纳的六种主位推进模式[8]；胡壮麟[9]提出的三种主位推进模式以及朱永生提出的四种主位推进模式[10]。本文参照上述各家之说，在对英语语篇结构进行初步观察的基础上，认为有以下七种基本模式：

1. 主位同一型（即平行型，各句的主位相同，述位不同。）

2. 主位派生型（由前一句的超主位派生出随后几个小句的主位。）

3. 述位同一型（即集中型，各句的主位不同，述位相同。）

4. 述位分裂型（由前一句的较高层次的述位分项成为随后几个小句的主位。）

5. 延续型（前一句的述位或述位的一部分成为后一句的主位，该主位又引出新的述位。）

6. 交叉型（前一句的主位是后一句的述位。）

7. 并列型（两种主位交替出现，述位也随之变化。）

语篇中各句之间主、述位的联系和发展就是基本按照上述几种基本模式逐步推进的。需要指出的是：第一，后一句使用前一句的主位或述位，不一定非要逐字重复原来的词语，往往是只取其中的一部分语义内容；第二，这些基本模式只是对语篇发展形式的描述，在语言的实际运用中，由于事物本身以及思想表达的复杂性，往往是几种模式配合使用，语篇的整体主位推进模式就是这些基本模式在不同层次上的有机结合，各种模式都在语篇的整体框架中发挥一定的作用。第三，上述七种模式是语篇中最基本的主位推进模式，在某些语篇中还会出现主位推进模式的变异情况，如意识流小说中存在着跳跃型、越级型以及插入型的主位推进模式[2]，它们体现了意识流小说散漫、立体、开放的特点。主位推进模式是语篇中语言材料的排列组合形式，是语篇中小句汇合成篇的信息流动与走向，是实现语篇功能的一种重要形式手段，它不仅可以帮助作者有效地生成语篇，也有助于读者准确地解读语篇。主位推进模式体现了语篇的结构框架和整体走向，反映了作者的谋篇方式和交际意图，因此是分析语篇时的一个重要工具。

三、主位推进模式与文学语篇分析

不同的主位推进模式体现了语篇信息的不同发展方式。任何语篇都会呈现出一定的主位推进模式，文学语篇也不例外。文学语篇中的主位推进模式是作品的文学性得以实现的重要手段之一，常常有隐藏其后的诗学意图以及由此产生的特殊审美效果。了解和分析主位推进模式有助于分析文学语篇的语义结构，从而更精确地理解语篇内容；有助于把握文学语篇的框架结构、语篇信息的传递方式和发展方向以及作者的意图和思路，从而快速准确地对语篇进行解读。对于一个具体的文学语篇，我们可以先按照语篇中句子出现的先后顺序逐一切分主位和述位，再确认该语篇所采用的主位推进模式，然后便可以根据这种主位推进模式所体现出的语篇结构框架来理清作者的思路，进而理解作者的意图以及语篇的语义内容。下面我们结合具体的例子来探讨主位推进模式在文学语篇分析中的应用。（注：本文所有例子中 T 和 R 分别代表 Theme 和 Rheme）。

（1）A good book（T1）may be among the best of friends（R1）. It（T2）is the same today that it always was（R2），and it（T3）will never change（R3）. It（T4）is the most patient and cheerful of companions（R4）. It

(T5)does not turn its back upon us in time of adversity or distress(R5). It(T6)always receives us with the same kindness, amusing and instructing us in youth, and comforting and consoling us age(R6).("Companionship of Books" by Samuel Smiles,引自高健[11])

这个语篇中的主位推进模式是典型的主位同一型,所有六个句子的内容(不同的述位)都是围绕着"a good book"(同一个主位)而展开。通过分析语篇中的主位推进模式我们能够较好地把握作者的语篇意图,即从不同的角度阐述"一本好书是人的好友"这一观点。

此例是使用某一种主位推进模式来组织语篇信息的。一般情况下,文学语篇并不单纯沿用某一种主位推进模式。由于人的思维的复杂性有时不是用一种模式就能表达清楚的,因此大多数语篇都呈现为多种主位推进模式的混合使用,只是某种模式相对于其他模式而言更为突出而已。

(2)The family of Dashwood(T1)had been long settled in Sussex(R1). Their estate(T2)was large(R2), and their residence(T3)was at Norland Park, in the centre of their property, where, for many generations, they had lived in so respectable a manner as to engage the general good opinion of their surrounding acquaintance(R3). The late owner of this estate(T4)was a single man who lived to a very advanced age, and who for many years of his life had a constant companion and housekeeper in his sister(R4). But her death, which happened ten years before his own(T5), produced a great alteration in his home(R5); for to supply her loss(T6), he invited and received into his house the family of his nephew Mr. Henry Dashwood, the legal inheritor of the Norland estate, and the person to whom he intended to bequeath it(R6). In the society of his nephew and niece, and their children(T7), the old gentleman's days were comfortably spent(R7). His attachment to them all(T8)increased(R8). The constant attention of Mr. and Mrs. Henry Dashwood to his wishes, which proceeded not merely from interest, but from goodness of heart(T9), gave him every degree of solid comfort which his age could receive(R9); and the cheerfulness of the children（T10）added a relish to his existence（R10）.（"Sense and Sensitivity" by Jane Austen[12]）

这个语篇是英国著名作家奥斯汀（Tane Austen，1775-1817）的小说《理智与情感》的开篇部分，作者综合运用了主位派生型（T1 与 T2、T3 之间，T7 与 T9、T10 之间）、主位同一型（T2 与 T4 之间，T5 与 T6 之间）和延续型（R4 与 T5 之间，R6 与 T7 之间，R7 与 T8 之间）的主位推进模式。作为小说的开篇部分，作者一般要在此交代一些人物和简要叙述一些故事背景，为以后小说的发展做好铺垫。为了清晰地表达这些人物、事件之间复杂的联系，作者在这个语篇中使用了多种主位推进模式，主位同一型和主位派生型的推进模式帮助作者有效实现了对人物、背景的完整交代，延续型主位推进模式的运用确保了叙事的流畅，使得此篇不愧为文学佳作的一部分。通过分析这个语篇中的主位推进模式，我们可以快速准确地把握语篇的内容和结构，对小说的人物和背景有一个初步的了解，同时领略到作者精心组织语篇信息的方法。

由于对语篇中主位推进模式的分析是在对语篇中小句进行主位、述位切分的基础上进行的，不免会存在某种局限性。为了从更高的层面上来描述和分析语篇中的主位推进模式，除了小句主位以外，系统功能语言学家 Martin 最早提出了段落主位（hyper-theme）和语篇主位（macro-theme）的概念[13]，它们分别相当于修辞学中的主题句（topic sentence）和引言段（introductory paragraph），并认为语篇主位预示着段落主位的出现，相应地，段落主位又预示着一连串句子主位的出现。考虑到有时一个段落由不止一个句群组成，所表达的语义内容也不是一个段落主位就能较好地涵盖的，我们认为有必要引入"句群主位"（super-theme）这一概念。句群主位是指在一组小句所构成的句群中，能够从语义上统领一系列小句主位或主、述位的句子成分，它可以出现在这一系列小句之前或之后。总之，一连串小句主位的推进构成句群主位，句群主位的推进又形成段落主位，而段落主位的推进最终体现出语篇主位。下面通过例子来探讨句群主位在文学语篇分析中的作用。

（3）Five score years ago（T1），a great American, in whose symbolic

第一章 主位推进模式在文学语篇分析中的应用

shadow we stand today, signed the Emancipation Proclamation (R1). This momentous decree (T2) came as a great beacon light of hope to millions of Negro slaves who had been seared in the flames of withering injustice (R2). It (T3) came as a joyous daybreak to end the long night of their captivity (R3). But one hundred years later (T4), the Negro still is not free (R4). One hundred years later (T5), the life of the Negro is still sadly crippled by the manacles of segregation and the chains of discrimination (R5). One hundred years later (T6), the Negro lives on a lonely island of poverty in the midst of a vast ocean of material prosperity (R6). One hundred years later (T7), the Negro is still anguished in the corners of American society and finds himself in exile in his shameful condition (R7). ("I Have a Dream" by Martin Luther King Jr.)

这个语篇是一个精彩演讲的一部分，作者主要运用了延续型（R1 与 T2 之间）和主位同一型（T2 与 T3 之间，T4 和 T5、T6、T7 之间）的推进模式。这里主位同一型推进模式的反复使用有效地增强了语篇效果，作者借此形式手段成功地实现了其语篇目的，即痛斥美国种族主义的罪恶，表达对一个真正实现自由和平等的社会的向往。通过对基于小句的主、述位切分和主位推进模式的分析，进而了解该语篇的内容，我们可以发现这个语篇由两个句群组成，它们的句群主位分别为 five score years ago（T1）和 one hundred years later（T4），这两个句群主位从语义上统领了随后一系列小句的内容，构成了该段落的结构框架。作者在此通过这两个句群主位所组织起来的语篇信息，对比了一百年前美国黑人的希望与憧憬和一百年后美国社会中黑人的悲惨境况。通过对这个语篇中句群主位的识别和分析，我们能够从更高的层面上把握住该语篇的语义结构和内容。在语篇分析中把基于小句的主位推进模式分析和更高层面上（基于句群）的句群主位分析相结合，可以帮助我们更好地理解、分析语篇。

限于篇幅，不再举例。根据我们对语料的观察可以看出：第一，一般情况下，文学语篇比其他类型的语篇呈现出较为复杂的主位推进模

019

式，一个语篇中常常是多种模式的交叉配合使用，较少出现单一的主位推进模式。这是因为文学语篇通常表达更为错综复杂的事物和关系，而且就文学语篇而言，形式本身就特别重要，承载着作品的内容、意义和作者的诗学意图，主位推进模式作为文学语篇生成的重要形式手段，必然会灵活多变，以有效表达复杂的思想。第二，主位同一型（平行型）、主位派生型、述位分裂型和延续型是文学语篇中最为常用的主位推进模式。这是因为作者为了强调某一观点或充分描写某种事物，必然会从不同的角度对其进行阐述和说明，从而使用较多的主位同一型推进模式；有时作者为了使观点突出、层次清晰，首先提出总的观点或先概述人物、事件等，再用大量细节加以论证和描述（如小说中进行人物描写时常常如此），从而使用较多的主位派生型和述位分裂型的推进模式；作者在叙事时为了使行文平稳、叙述流畅，常常从前一句中的已知信息出发，带出新信息，如此延续下去以推动语篇信息的发展和思想内容的有序表达，从而使用大量的延续型推进模式来组织语篇。第三，由于不同作者的作品风格各异，对表达思想的语言选择各有偏爱，这也会影响到作者在文学语篇中对主位推进模式的选择。

四、结语

语篇信息是通过各种主位推进模式不断向前发展的。文学语篇的特殊性往往使得主位推进模式承载着作者通过形式手段所用心经营的诗学意图和审美倾向。通过分析可以看出：主位推进模式在文学语篇的构建和解读过程中发挥着重要作用，恰当的主位推进模式可以帮助作者实现其语篇目的及诗学意图；利用主位推进模式对文学语篇进行分析，有助于深刻理解语篇内容以及作者组织语篇信息的方法，也有助于我们领略优秀文学作品的魅力。当然，主位推进模式只是文学语篇分析的一种途径，对文学语篇的分析可以从多种角度进行，以弥补这种形式化分析方法的不足。

» **本章参考文献**

[1] 李国庆. 主位推进模式与语篇体裁:《老人与海》分析 [J]. 外语与外语教学, 2003（7）: 53-56.

[2] 张曼. 意识流小说中主位推进模式的变异与连贯 [J]. 西安外国语学院学报, 2005（4）: 1-3.

[3] Halliday M. An Introduction to Functional Grammar (2nd edition) [M]. Beijing: Foreign Language Teaching and Research Press, 2000: 38.

[4] Danes F. Papers on Functional Sentence Perspective[M].The Hague: Mouton, 1974: 106-128.

[5] 朱永生, 严世清. 系统功能语言学多维思考 [M]. 上海: 上海外语教育出版社, 2001: 102-103.

[6] 徐盛桓. 主位和述位 [J]. 外语教学与研究, 1982（1）: 1-9.

[7] 黄衍. 试论英语主位和述位 [J]. 外国语, 1985（5）: 32-36.

[8] 黄国文. 语篇分析概要 [M]. 长沙: 湖南教育出版社, 1988: 81-85.

[9] 胡壮麟. 语篇的衔接与连贯 [M]. 上海: 上海外语教育出版社, 1994: 144-145.

[10] 朱永生. 主位推进模式与语篇分析 [J]. 外语教学与研究, 1995（3）: 6-12.

[11] 高健. 英文散文一百篇 [M]. 北京: 中国对外翻译出版公司, 2001: 316.

[12] Austen J. Sense and Sensitivity[M]. 上海: 世界图书出版公司, 2007: 3.

[13] Martin J. English Text: System and Structure [M]. Amsterdam: John Benjamins, 1992: 437.

第二章 基于主位推进模式的语篇翻译研究

一、引言

随着篇章语言学的兴起并引入到翻译研究中，语篇逐渐成为翻译实践和翻译研究的关注点。在Halliday[1]所提到的诸多语篇要素中，结构性的语篇特征（即主位结构和信息结构）对于信息的有效传递尤为重要。不少学者（刘士聪等[2]、李运兴[3]）等都探讨了主位（theme）这一概念在翻译研究中的应用。主位是在语篇的大背景下针对小句结构进行描述时的一个重要概念，其存在的基础是小句。然而译者在翻译时需要面对的是语篇，而不仅仅是一个个单独的句子。因此，翻译研究中如果仅仅停留在每一个句子中孤立、静止的主述位结构的层面上，而不考虑在语句组成语篇的过程中主位、述位的层层推进从而推动语篇信息的有序表达，是缺乏实际指导意义的。本文拟从主位推进（thematic progression）的视角来探讨语篇翻译。

二、基于主位推进模式的语篇翻译之理论思考

捷克语言学家Danes首次提出了主位推进这一概念。他认为"主位推进是指语句主位的选择和序列，它们的相互连接和领属层次，以及它们跟上一层语篇单位（如段落、章节等）的超主位、整个语篇和情景的关系"。[4];[5]并且"这种主位推进程序体现出篇章结构的框架"。[6]语篇中的主、述位的衔接虽然千变万化，但又是有规律可循的。在这方面，许多研究者在探讨语篇结构的基础上都归纳了各自不同的主位推进的基本模式。Danes提出了常见的五种主位推进模式（见黄国文[6]），目前常见的还有分三种的（胡壮麟[7]），分四种的（徐盛桓[8]；朱永生[9]），分六种的（黄国文[6]），分七种的（黄衍[10]）。语篇中各句之间主、述位的联系和发展就是基本按照上述几种基本模式逐步推进的。

第二章 基于主位推进模式的语篇翻译研究

主位推进模式是语篇中语言材料的排列组合形式，是语篇中小句汇合成篇的信息流动与走向，是实现语篇功能的一种重要手段，它不仅可以帮助作者有效地生成语篇，也有助于译者准确地解读语篇。主位推进是语篇的一种重要信息结构，也是语篇衔接与连贯的一种重要手段，而且构成语篇中信息传递与延伸的重要途径，因为它使"语篇的信息有序地相互衔接着，每个句子的内容顺其自然地过渡到下一个句子"。[11] 每个语篇都可以看成是一个主位的序列，在结构形式上表现为主位的衔接与推进，"随着各句主位的向前推进，整个语篇逐步展开，直至形成一个能表达某一完整意义的整体"。[12] 主位推进模式体现了语篇的结构框架和整体走向，反映了作者的谋篇方式和交际意图，因此是语篇翻译中需着重考虑的一个因素。

作者选择某一特定的主位推进模式来组织语篇，体现了作者的交际意图，是译者在构建译语语篇过程中的重要参照，译者必须给予关注并设法在译文中予以再现。尤其是"当原文主位模式形成明确的修辞意向（rhetorical purpose）时，译者更应该尽量予以再现。即使无法再现其形式，也要设法再现其整体语篇效果"。[13] Baker [14] 指出，原文的主位推进模式应当在译文中以某种适宜的方式加以再现，忽视这一点就有可能造成译文中信息流动不畅的问题。Fawcett [15] 也指出翻译过程中对主位模式的破坏会导致语篇失去连贯。的确，如果在翻译过程中源语语篇的主位推进模式被打乱，就会造成信息流通不畅，继而造成语义失去连贯。但是，仅仅考虑主位推进还不够，因为主位推进所体现出的主、述位的衔接是语篇表层的联系，而语篇内在的联系则体现在语义的连贯上，连贯就是"存在于语篇表层下的概念关系网络"。[14] 因此，翻译过程中主位推进模式的转换还必须考虑语义的因素，因为翻译就是两种语言之间以语义为基础的转换过程。译文在主位推进模式方面应尽量与原文保持一致，当然，这并不意味着我们必须以牺牲译语语篇的语义连贯为代价来模仿源语语篇的主位推进模式，主位推进模式的保留必须以不扭曲译语语篇为基本前提。

由于英汉两种语言分属不同的语系，在句法结构和表达方式上各有自己的特点，这在一定程度上会影响到翻译中源语语篇主位推进模式的保留。"如果原文的主位推进模式无法在译语中自然地再现，那么你就不得不放弃它。这时必须保证译文具有自己的推进方式并具有自身的连贯性。"[14]也就是说当根本无法保留原文的主位推进模式时，译文应当在不损害原文信息结构的前提下建构其自身的主位模式，以补偿因放弃原文主位模式造成的损失，异曲同工地达到原文的整体语篇效果；译文必须具有自身的连贯性，在遵循译语规范的基础上充分传达原文所传递的信息并且读起来自然、顺畅。总之，要构建出主、述位衔接有序、信息流畅、语义连贯的译文，再现源语语篇所体现的语篇目的和交际效果。

值得注意的是主位推进模式的连续使用与否会对语篇信息结构产生较大的影响。如果在同一个语篇或段落中，同一个主位推进模式的连续出现就会使得信息结构比较清晰，而主位推进模式的频繁变换则会导致信息结构趋于杂乱无序。实际上，由于作者表达复杂的事件或思想的需要，各种主位推进模式经常会混合出现在语篇中，但主位推进模式的改变必须服务于一定的目的（通常是引入新话题的一种方式）并且不能造成语篇信息结构的混乱，这应成为我们在翻译中转换和建构语篇主位推进模式的一个重要原则。

三、基于主位推进模式的语篇翻译之实例研究

（一）保留源语语篇的主位推进模式

研究表明，一般情况下译者都在译语语篇中很好地保留了源语语篇的主位推进模式，因为"大体上讲，在英汉翻译实践中译者总是有意识或无意识地参照原文的主位模式"。[13]而且源语语篇的主位推进模式基本上也都可以在译语语篇中得以保留。下面通过几个例子来探讨译文中对源语语篇主位推进模式的保留。

例1：Studies/ serve for delight, for ornament and, for ability. Their chief use for delight/ is in privateness; for ornament, / is in discourse; and for ability, / is in the judgment and disposition of business. （from

Francis Bacon's Of Studies)(注：本文用 / 划分主位和述位）

读书 / 足以怡情，足以博彩，足以长才。其怡情也， / 最见于独处幽居之时；其博彩也， / 最见于高谈阔论之中；其长才也， / 最见于处世判事之际。（选自王佐良译《论读书》）

这个语篇是典型的分裂述位推进模式。第一句由主位（studies）和带有三个信息点的述位（serve for delight；for ornament；for ability）构成；第二句中，上面述位中的三个信息点分别充当已知信息（即主位），从而引出三个实际上并列的新的主述位结构。译者在这里很好地保留了源语语篇的主位推进模式，巧妙地再现了原文的信息结构。

例2：杭州 / 是中国著名的六大古都之一，已有两千多年的历史。杭州 / 不仅以自然美景闻名于世，而且有着传统文化的魅力。/ 不仅有历代文人墨客的题咏，而且有美味佳肴和漂亮的工艺品。（选自孙万彪、王恩铭编著《高级翻译教程》第271页）

One of China's six ancient capital cities, / Hangzhou has a history of more than 2000 years. It / is famous not only for its natural beauty but also for its cultural traditions. Apart from a large number of poems and inscriptions in its praise left behind by scholars and men of letters through the centuries, / it also boasts delicious food and pretty handicrafts. （同上：277-278）

上述源语语篇是典型的主位同一型推进模式，整个语篇中各句的主位相同但述位各不相同，即语篇围绕"杭州"这一主位层层推进和展开信息，从不同的角度对其进行评述，作者具有明确而强烈的交际意图（赞美并推介杭州），译者应该尽量再现原文中的主位推进模式。然而译文中的主位推进模式显得较为混乱，未能突出语篇的同一个主位"杭州"，也未能成功地再现原文的谋篇方式和交际意图。试改译如下：

Hangzhou/ is one of China's six ancient capital cities with a history of more than 2000 years. It/ is famous not only for its natural beauty but also for its cultural traditions. It/ also boasts delicious food and pretty handicrafts as well as a large number of poems and inscriptions in its praise left behind by scholars and men of letters through the centuries.

对照这一语篇和源语语篇也可以看出,对于主位同一型推进模式,英语往往借助于代词的照应或定冠词的使用来体现各句主位的衔接;而汉语则强调语义的连贯,尽量避免代词的重复,第一个主位出现后,在随后的句子中常常被省略。

(二)重建源语语篇的主位推进模式

从原则上讲,在译文中保留原文信息结构的最简单的办法就是保留原文的主位推进模式。但是 Nida 曾明确指出,"每种语言都有自己的特征,要进行有效的交流就必须遵循每种语言的特征。卓有成效的译者不会把一种语言的形态结构强加到另一种语言之上,而是随时做出必要的调整,把源语信息用译语的独特结构表达出来。"[16]因此,鉴于英汉两种语言之间的差异,翻译中若无法保留原文的主位推进模式时,应在符合译语规范的前提下适当调整译语语篇的主位推进模式。请看几个例子:

例3:There is no more difference, / but there is just the same kind of difference, between the mental operations of a man of science and those of an ordinary person as there is between the operations and methods of a baker or of a butcher who weighs out his goods in common scales and the operations of a chemist who performs a difficult and complex analysis by means of his balance and finely graduated weights.(T. H. Huxley)(选自连淑能著《英汉对比研究》第58页)

科学家的思维活动和普通人的思维活动之间 / 存在着差别,这种差别 / 就跟一个面包师或者卖肉者和一个化验师在操作方法上的差别一样。前者 / 用普通的秤称东西的重量,而后者 / 则用天平和精密砝码进行艰难复杂的分析。其差别 / 不过如此而已。(同上:58)

由于英语重形合(hypotaxis),组篇造句时常用各种形式手段连接词语、分句或句子,注重显性衔接,注重句子形式和结构完整,注重以形显义;而汉语重意合(parataxis),组篇造句时少用或不用形式连接手段，注重隐性连贯，注重逻辑事理顺序，注重以神统形。英汉两种语言在句式上的这种差异会体现在主、述位的衔接方式上。因此，英译汉时往往要先分析句子的结构和形式，才能确定其功能和意义，然后在译语中做出相应的调整，建构出地道的译文。上例中译者就充分考虑了两种语言形合与意合的差异，不拘泥于原文的主位模式，按照语法关系对原文进行拆句，化繁为简，再按照逻辑事理顺序将原文的语义内容进行重组，用新构建的主位推进模式清晰地再现了原文的信息结构。

例4：大自然的鬼斧神工，/ 造就了长江三峡绝妙的奇景。气势雄伟的瞿塘峡，逶迤曲折的巫峡，礁石纵横的西陵峡，/ 无不风姿绰约，光彩照人；深藏其间的小三峡，/ 更是曲水通幽，楚楚动人，山翠，水清，峰奇，瀑飞，倾倒了天下多少游人。（选自乔萍等编著《散文佳作108篇》第190页）

The Yangtze River/ boasts of the fascinating Three Gorges created by Mother Nature in all her glory. The Three Gorges/ consist of grandiose Qutang Gorge, meandering Wu Gorge and heavily-shoaled Xiling Gorge, all saturated in splendid colors. Tucked away among these/ are three little gorges. All of them/ form a veritable wonderland of clear water with plunging waterfalls and velvety hillsides, often rising to fantastic peaks — beckoning travelers from afar.（同上：191）

由于英语是一种主语突出（subject-prominent）的语言，而汉语是一种话题突出（topic-prominent）的语言，并且汉语话题的一个特点就是"一旦一个成分成为话题，这一成分在随后的句子中都可以省略。"[14] 因此，汉语中一个语篇或段落只要有一个话题，那么各种相关信息都可以围绕这一话题组织、展开；而英语中一个语篇或段落的信息通常是由主位组织起来并层层展开的，这就是英汉两种语言在信息组织方面的差异。这种情况下，汉译英时如果直接保留源语语篇的主位推进模式，在译语语篇的各句主位中引入各种不同的信息会导致语篇结构松散、信息结构混乱，往往需要调整主位推进模式以形成译文中清晰的信息结构。

上例中汉语语篇就是围绕"三峡奇景"这一话题展开的，各句主位、述位之间的衔接和推进并不明显，语篇结构显得较为松散，但整个语篇的语义依然连贯。因此，译者并没有在译文中直接保留原文的主位模式，而是根据英语的特点做出适当调整，建构出了译语语篇中衔接得当、语义连贯的主位推进模式和清晰的信息结构。

将上例中英汉两个语篇加以对比可以发现，英语语篇中前后句子的衔接和语义的连贯十分注重主、述位的有序推进，而且主要是通过语法、词汇等语言形式手段将各句的主位、述位衔接起来以明确它们之间的关系，形成前后照应，进而表达整个语篇的意义和逻辑关系，即注重显性连接和结构完整，以形显义。而汉语语篇中主、述位的推进关系有时并不太明显，前后句子中主位、述位的衔接少用或不用形式衔接手段，整个语篇的逻辑关系主要依靠句子间语义的整合来表达，即注重隐性连贯，以义统形。这也是由英汉两种语言之间的差异造成的，在英汉翻译转换的过程中需多加留意。

四、结语

翻译研究和翻译实践中要把语篇作为一个整体来看待，每个语篇中各句的主、述位之间相互衔接，层层推进，有序发展，体现出作者的谋篇方式和交际意图，是译者构建译语语篇的重要参照，因此，翻译时应当尽量保留源语语篇的主位推进模式。在由于不同语言之间的差异而导致无法直接保留源语语篇的主位推进模式时，必须在译语语篇中建构起适当的主位推进模式以再现原文的信息结构和整体语篇效果。而在具体的翻译实践中译者何时会、又是如何保留或重建原文的主位推进模式的，这与源语语篇体裁有何种联系，值得进一步研究，限于篇幅，我们将另文探讨。

» **本章参考文献**

[1] Halliday, M.A.K.. An Introduction to Functional Grammar (2nd edition) [M]. Beijing: Foreign Language Teaching and Research Press, 2000.

[2] 刘士聪，余东.试论以主/述位作翻译单位[J]，外国语，2000（3）：61-66.

[3] 李运兴."主位"概念在翻译研究中的应用[J]，外语与外语教学，2002（7）：19-22.

[4] harim, Basil & Ian, Mason. Discourse and the Translator [M]. Shanghai: Shanghai Foreign Language Education Press, 2001.

[5] harim, Basil. Communication Across Cultures: Translation Theory and Contrastive Text Linguistics [M]. Shanghai: Shanghai Foreign Language Education Press, 2001.

[6] 黄国文.语篇分析概要[M].长沙：湖南教育出版社，1988.

[7] 胡壮麟.语篇的衔接与连贯[M].上海：上海外语教育出版社，1994.

[8] 徐盛桓.主位和述位[J]，外语教学与研究，1982，（1），1-9.

[9] 朱永生.主位推进模式与语篇分析[J]，外语教学与研究，1995（3）：6-11.

[10] 黄衍.试论英语主位和述位[J]，外国语，1985（5）：32-36.

[11] 王斌.主位推进的翻译解构与结构功能[J]，中国翻译，2000（1）：35-37.

[12] 朱永生，严世清.系统功能语言学多维思考[M].上海：上海外语教育出版社，2001.

[13] 刘富丽.英汉翻译中的主位推进模式[J]，外语教学与研究，2006（5）：309-312.

[14] Baker, Mona. In Other Words: A Coursebook on Translation [M]. Beijing: Foreign Language Teaching and Research Press, 2000.

[15] Fawcett, Peter. Translation and Language: Linguistic Theories Explained [M]. Beijing: Foreign Language Teaching and Research Press, 2007.

[16] Nida, Eugene A. & Taber, Charles R. The Theory and Practice of Translation [M]. Shanghai: Shanghai Foreign Language Education Press, 2004.

第三章 主位理论在英汉语篇翻译研究中的应用

一、引言

随着篇章语言学的兴起并引入到翻译研究中，语篇逐渐成为翻译实践和翻译研究的关注点。"主位"作为一个在语篇的大背景下针对小句结构进行描述时的重要概念，被广泛地应用到语篇翻译研究中。对不同时期国内外学者的相关研究进行总结和简要的评述，可以帮助我们对此有一个概略性的认识，并启发人们对此做出新的深入思考。主位理论应用于英汉语篇翻译研究集中体现在以下四个方面。

二、主位结构与语篇翻译研究

根据布拉格学派的创始人马泰休斯（Mathesius）提出的句子实义切分法，每个句子都可以从语言交际功能的角度划分为主位（Theme）和述位（Rheme）两个语义组成部分。后来系统功能语言学派的代表人物韩礼德（Halliday）接受并发展了这一理论。Halliday[1]和Thompson[2]均认为任何句子或话语从交际功能的角度都可以分为主位和述位两个部分。"主位是小句信息的出发点，是小句所关心的成分；述位则是对主位的陈述，是围绕主位而展开的内容。"[3] 主位和述位构成主位结构，主位结构的基本单位是小句。Halliday[4]认为主位结构是一个重要的结构性语篇特征和语篇的结构性衔接手段之一。方琰、艾晓霞[5]将系统功能语法中的主位结构理论应用于汉语研究并探讨了汉语语篇中的主位结构。研究主位和主位结构的意义在于了解信息在语句中的分布情况及其体现出的交际功能和句子的内部结构。事实上每个语篇都可以看作是一个主位的序列，在结构形式上表现为主位的相互衔接和层层推进。主位的选择决定了语篇的信息起点和发展方向，主位和述位组成适当的推进模式，体现了语篇的结构框架并有效地传递语篇的信息。小句主位还具有衔接上下文的作用，作者通过对主位成分的选择引导读者对语篇进行连贯的解读。

由于翻译时两种语言之间的转换通常发生在小句的层面上，因此主位对于语篇翻译中句子的分析、转换和构建以及语篇的衔接和连贯都具有重要意义，在翻译过程中将其作为翻译单位应具有很强的可操作性。译者首先通过主位、述位所包含的已知信息和新信息来了解源语语篇中句子信息的分布情况，以及它们在语篇中的地位与作用，然后在此基础上进行语言转换；而且在译语语篇的构建过程中，选用什么成分充当主位会影响到译文的句子结构以及上下文的衔接与连贯。徐盛桓[6]最早就主、述位和英汉翻译问题进行了探讨，认为主位、述位的理论有助于更精确地理解原文，指导翻译实践。杨信彰[7]从主位角度探讨了英汉翻译中的意义等值问题，认为与英语原文相比，汉语译文中出现的主位错位会破坏原文的信息结构，影响原文和译文之间意义传递的效度。刘士聪、余东[8]根据主/述位切分和翻译思维的特点，提出以主/述位作为翻译单位，对原文进行分析和转换。认为以主/述位作为翻译单位，对译文句子的构建有直接帮助，同时也注意到了它本身的形式特点及其在语篇中的衔接功能，特别是它在翻译过程中的可操作性。

然而需要指出的是，以主、述位作为翻译单位还必须考虑到语篇中信息的层层推进和发展，否则就无异于以句子作为翻译单位。由于语篇中小句所承载的信息是不断地向前推进和发展的，进而构成段落和篇章，以语篇为视角研究翻译，就必须考虑到主位推进以及由此形成的语篇宏观组织结构，体现出语篇的连贯性和动态性，而不能仅仅停留在主、述位的层面上。

三、主位结构在英汉翻译中的转换研究

既然主位和主位结构对于理解源语语篇和构建译语语篇具有如此重要的意义，英汉翻译转换时如果能够保留原文的主、述位结构当然很好。然而，在实际的翻译过程中不是总能做到，因为两种语言在句子结构和表达方式上都有各自的特点，在这种情况下，译者应该尊重不同语

言的表达习惯并进行适当的主位结构转换。根据美国语言学家李讷和汤普森[9]；[10]提出的新的语言类型学的观点，英语是主语突出的（subject-prominent）语言，汉语是话题突出的（topic-prominent）语言。作为一种主语突出的语言，英语中的主位在大部分情况下和主语重合。"一般情况下，除标记性主位以外，英语的主位结构和主谓结构具有极高的相关性。同时主位与述位的区别在很大程度上与传统语法中主语与谓语的区别相同。"[11]而汉语作为一种话题突出的语言，句子大多不具备像英语中那样明确的形式结构特征，常常是以意合组织在一起，以话题为中心辅以评论的句子大量存在。"汉语句子从本质上讲是一种以'话题＋评论'为铺排格局的语义结构，汉语的主位基本上就是话题。"[12]而且汉语中的主位不局限于小句，有时既有小句主位，又有句子主位。英汉语在主位结构上的这种差异是英汉语篇翻译转换过程中需要慎重考虑的因素，将其应用于英汉语篇翻译研究集中体现在主位结构在英汉翻译中的相互转换规律。

Baker[13]认为由于不同语言之间在句法结构上的差异，译者无法总能保留原文的主位结构，重要的是译文要有自身的语篇组织发展方式并具有连贯性，并且不损害原文的信息结构。她还特别探讨了英语中的主位与汉语中的话题之间的关系以及如何英译这种"话题＋评论"结构。Fawcett[14]认为有些语言之间在翻译转换时可以完好地保留主位结构，而在其他一些语言之间却无法做到，因此译者不能盲目复制原文的主位结构，应该知道在译语中借助何种手段以达到原文主位结构的语篇效果。Ghadessy & Gao[15]首次通过计量研究方法对比分析了英语文本中的主位结构与其在汉语译文中的转换情况，认为英汉语篇在翻译转换时主位之间具有较高的相似性。

王桂珍[16]在比较主语、主题和主位的基础上详细讨论了汉语句子主题的英译，认为汉语的主题主语句多用转移和补加的方式进行英译，应根据英语的句法结构来选定句子的主语及语序。李运兴[17]把"主位"概念应用于英汉翻译研究，描写发生在小句主位上的语际转换现象。并针对英汉两种语言在主位结构上的两大差异，结合语料探讨了英汉互译中英语主语主位与汉语话题主位之间的相互转换，以及汉语空位主位上的隐性成分在英译中的显性化处理，使之成为英语小句中的主语主位。杨明[18][19]基于"英语是主谓结构的语言、汉语是注重话题的语言"这一理论基础，分别讨论了英译汉和汉译英中的主位与话题。认为主位问题在英译汉中往往具体体现在如何把英语中的主语转换成汉语中的话题，在翻译中需要重新安排主位，确立话题；汉译英往往具体体现在如何把汉语中的话题模式转换成英语中的主谓结构模式，同时相应地转换原文与译文的主位与述位。王俊华[20]认为在英汉翻译中要处理好两种语言之间的主位、述位转换问题，就是要处理好英汉语言中的"主语+谓语"和"话题+评论"的适当转换问题。成丽芳[21]认为汉译英时影响译文质量的重要一步是主语的确定，提出要增强超句意识、以句群或语段为操作单位、分析主位结构、利用主位推进来恰当地选择和确定主语。

上述学者将语篇分析理论中的主位和主位结构应用于语篇翻译研究，描述了英汉翻译转换过程中发生在语篇内小句主位上的转换现象，并结合语料探讨了英汉语篇翻译过程中主位结构转换的规律。当然，这些结论尚需更多的语料来印证、改进和深化，以期对翻译实践具有更强的解释力和理论上的指导。

四、主位推进在语篇翻译中的作用研究

当一组有意义的句子构成一个连贯的语篇时，小句的主、述位之间会发生某种联系和变化，并推动着语篇的有序发展，这种联系和变化被称为主位推进（Thematic Progression）。捷克语言学家Danes首次提出了"主位推进"这一概念，他认为"主位推进是指语句主位的选择和排列，它们的相互关系和领属层次，以及它们与上一级语篇单位（如段落、章节等）的超主位、整个语篇和情景的关系"。[22]主位推进是语篇的一种重要组织结构，也是语篇衔接与连贯的一种重要手段，而且构成语篇中信息传递与延伸的重要途径。每个语篇都可以看成是一个主位的序列，在结构形式上表现为主位的衔接与推进，"随着各句主位的向前推进，整个语篇逐步展开，直至形成一个能表达某一完整意义的整体。"[23]

Harim[24]指出主位推进是翻译过程中解读语篇、分析语篇组织结构的一个潜在的有用工具，并把主位推进模式与语篇类型（text type）联系起来。Papegaaij & Schubert[25]在探讨翻译中的语篇连贯时指出，恰当的主位推进有助于译文连贯的构建。王斌是国内较早通过主位推进来探讨翻译问题的学者，他[26]指出了主位推进在英译汉中的解构功能和在汉译英中的结构功能。赵小品、胡梅红[27]以主位推进和衔接理论为指导，探讨了在以语篇为翻译单位的汉译英中，如何从结构层次上和语法词汇层次上来加强语篇的衔接和连贯。认为主位推进模式构成译文语篇的框架结构，衔接手段则加强语篇语义的联系和实现语篇语义的连贯，在汉译英中应当把两者结合起来。

以主位推进为切入点探讨语篇翻译还应该考虑到语篇语义的连贯。翻译就是两种语言之间以语义为基础的转换活动，主、述位的衔接所形成的主位推进只是语篇表层的衔接，而语篇的内在联系体现在语义的连贯上，因此必须把语篇通过主位推进所构建的形式上的衔接与语篇的内在语义连贯结合起来。

五、主位推进模式在语篇翻译中的转换研究

虽然语篇的体裁、类型多种多样，语篇中的主、述位的衔接千变万化，但语篇中的主位推进又是有规律可循的。国内外许多研究者都在探讨语篇结构的基础上归纳了各自不同的主位推进模式。Danes[28]提出了常见的五种主位推进模式，目前常见的分类还有：徐盛桓[29]提出的四种主位推进模式；黄衍[30]总结的七种主位推进模式；黄国文[31]归纳的六种主位推进模式；胡壮麟[32]提出的三种主位推进模式以及朱永生[33]归纳的四种主位推进模式。语篇中各句之间主、述位的联系和发展就是基本按照上述几种基本模式逐步推进的。主位推进模式是语篇中语言材料的排列组合形式，是语篇中小句汇合成篇的信息流动与走向，是实现语篇功能的一种重要手段，它不仅可以帮助作者有效地生成语篇，也有助于译者准确地解读语篇。主位推进模式体现了语篇的结构框架和整体走向，反映了作者的谋篇方式和交际意图，是译者解读原文和构建译

文时的重要参照，因此是语篇翻译中需要着重考虑的一个因素。研究表明，一般情况下译者都在译语语篇中较好地保留了源语语篇的主位推进模式，因为在翻译实践中译者总是有意识或无意识地参照原文的主位推进模式。译文在主位推进模式方面应尽量与原文保持一致，当然，这并不意味着我们要以牺牲译语语篇的语义连贯为代价来模仿源语语篇的主位推进模式，主位推进模式的保留必须以不扭曲译语语篇为基本前提。由于英汉两种语言分属不同的语系，在句法结构和表达方式上各有自己的特点，这在一定程度上会影响到语篇翻译中原文主位推进模式的保留。鉴于英汉两种语言之间的差异，当语篇翻译中无法直接保留原文的主位推进模式时，应在符合译语规范的前提下适当调整或重新建构译语语篇的主位推进模式。

Ventola[34]探讨了英语和德语中的科技语篇在翻译过程中主位推进模式的转换情况。Harim & Mason[35]认为主位推进模式总是为特定语篇中的整体修辞意图服务的，它作为语篇结构的一个方面在译者构建译文时有着极为重要的作用。他们还把主位推进模式与语篇体裁（genre）联系起来，指出特定的语篇体裁总是倾向于选择某种特定的主位推进模式，译者应该对此有所了解并设法在译文中加以再现。张道振[36]认为翻译中对原文主位推进模式的保留或重建不仅仅是保持译文衔接和连贯的问题。文学语篇的特殊性使主位推进模式也往往承载着原作者的诗学意图和审美倾向，小说翻译中保留原文的主位推进模式不仅有利于建构相似于原文的连贯模式和创造类似原作的艺术效果，更重要的是要传达原作者的诗学意图。刘富丽[37]认为在语篇翻译中，源语语篇句群中各个小句的主位推进模式所体现的语篇目的和整体语篇效果，要求译者必须在译文中再现或重建原文的主位推进模式以求达到与原文相近的语篇效果。同时她认为"从严格意义上讲在汉语译文中保留英语语篇的主位推进模式的可能性并不大"，[38]在无法保留源语语篇主位推进模式的情况下，顺应译语的主位推进规范才能构建出衔接得当、语义连贯的译文，再现原文信息结构所产生的交际效果。

从目前的研究成果可以总结出英汉语篇翻译过程中主位推进模式的

三种转换情况，即在译语语篇中直接保留、适当调整和重新建构源语语篇的主位推进模式。应当指出，现今把主位推进模式应用于语篇翻译研究探讨大多数都是理论加上少量例子的模式，这很不利于对实际发生的语际转换规律的观察和描述。今后还应在较大规模语料的基础上进行更加深入细致的考察，对语篇翻译中主位推进模式的调整和重建的情况进一步分类，使之细化；在对其进行理论上的解释时还要考虑到译者的主体性等因素。

六、发展趋势

尽管将主位理论应用于语篇翻译研究已经取得了丰硕的成果，深化了对主位理论和英汉翻译转换过程的认识，但是不难发现目前的研究多为经验式的，即对其进行理论上的思辨并辅以例证，而缺少实证性的研究，这不利于基于大型语料来观察和总结翻译中的普遍规律。因此，应从规定性的研究转向描写性的研究，要想在描写译学的框架下对英汉语篇翻译中主位结构和主位推进模式的转换进行深入的描写，就要做到以下几点。第一，要合理地选取语料；第二，需要就实际翻译文本中发生的具体转换现象进行全面且系统的观察、充分描写，还要在说明转换中的规则和不规则现象中的转换规律，分析各种制约因素，并做好阐述与解释。这些规律不仅是要在理论上，更要在实践中进行验证，必将大大推动这一领域的研究。

» 本章参考文献

[1][3][4] Halliday, M.A.K. An Introduction to Functional Grammar (2nd edition) [M]. Beijing：Foreign Language Teaching and Research Press, 2000: 37-38, 38, 334.

[2]Thompson, G. Introducing Functional Grammar [M]. Beijing: Foreign Language Teaching and Research Press, 2000：119.

[5] 方琰，艾晓霞. 汉语语篇主位进程结构分析 [J]. 外语研究，1995（2）：20-24.

[6][29] 徐盛桓. 主位和述位 [J]. 外语教学与研究，1982（1）：8-9，3-4.

[7] 杨信彰. 从主位看英汉翻译中的意义等值问题 [J]. 解放军外国语学院学报，1996（1）：44-48.

[8] 刘士聪，余东. 试论以主/述位作翻译单位 [J]. 外国语，2000（3）：61-66.

[9] Li, C. N. Subject and topic: a new typology of language [A].in C. N. Li (ed.).Subject and Topic [C]. London: Academic Press, 1976: 457–490.

[10] Li, C. N. & S. A, Thompson. Mandarin Chinese: A Functional Reference Grammar [M]. Berkeley: University of California Press, 1981.

[11][13] Baker, M. In Other Words: A Coursebook on Translation [M]. Beijing: Foreign Language Teaching and Research Press，2000:123,141–144.

[12] 李运兴. 语篇翻译引论 [M]. 北京：中国对外翻译出版公司，2001：200.

[14] Fawcett, P. Translation and Language: Linguistic Theories Explained [M]. Beijing: Foreign Language Teaching and Research Press, 2007: 85–90.

[15] Ghadessy, M. & Gao，Y. Small corpora and translation: Comparing thematic organization in two languages [A]. in M. Ghadessy, A. Henry & R. L. Roseberry (eds.), Small Corpus Studies and Elt: Theory and Practice [C]. Amsterdam: John Benjamins, 2001: 335–362.

[16] 王桂珍. 主题、主位与汉语句子主题的英译 [J]. 现代外语，1996（4）：46-50.

[17] 李运兴."主位"概念在翻译研究中的应用 [J]. 外语与外语教学，2002（7）：19-22.

[18] 杨明. 英译汉中的主位与话题 [J]. 外语学刊，2003（3）：84-88.

[19] 杨明. 汉译英中的主题、主语与主位 [J]. 山东外语教学，2006（3）：23-28.

[20] 王俊华. 主位、主语和话题——论三者在英汉翻译中的关系及其相互转换 [J]. 西安外国语学院学报，2006（1）：24-27.

[21] 成丽芳. 超句意识、主位结构与汉译英主语的确定 [J]. 中国科技翻译，2006（2）：16-18.

[22][28] fanes, F. Functional sentence perspective and the organization of the text [A], in F. fanes (ed.), Papers on Functional Sentence Perspective [C]. The Hague: Mouton, 1974: 114, 118-119.

[23] 朱永生，严世清. 系统功能语言学多维思考 [M]. 上海：上海外语教育出版社，2001：102-103.

[24] Hatim, B. Communication Across Cultures: Translation Theory and Contrastive Text Linguistics [M]. Shanghai: Shanghai Foreign Language Education Press, 2001：80-85.

[25] Papegaaij, B. & K, Schubert. Text Coherence in Translation [M]. Dordrecht: Foris, 1988.

[26] 王斌. 主位推进的翻译解构与结构功能 [J]. 中国翻译，2000（1）：35-37.

[27] 赵小品，胡梅红. 主位推进与衔接手段在汉译英中的应用 [J]. 山东外语教学，2003（3）：76-80.

[30] 黄衍. 试论英语主位和述位 [J]. 外国语，1985（5）：34-35.

[31] 黄国文. 语篇分析概要 [M]. 长沙：湖南教育出版社，1988：81-85.

[32] 胡壮麟. 语篇的衔接与连贯 [M]. 上海：上海外语教育出版社，1994：144-145.

[33] 朱永生. 主位推进模式与语篇分析 [J]. 外语教学与研究，1995（3）：7.

[34] Ventola, E. Thematic development and translation [A]. in M. Ghadessy (ed.), Thematic Development in English Texts [C]. London: Pinter，1995: 85-104.

[35] Hatim, B. & I, Mason. Discourse and the Translator [M]. Shanghai: Shanghai Foreign Language Education Press, 2001: 217-222.

[36] 张道振. 主位推进与译文连贯的意谓 [J]. 天津外国语学院学报，2006（5）：22-26.

[37][38] 刘富丽. 英汉翻译中的主位推进模式 [J]. 外语教学与研究，2006（5）：309-312，310.

第四章　对英汉语篇中主位推进模式分类的再思考

一、引言

捷克语言学家 fanes[1] 首次提出了"主位推进"这一概念，虽然语篇的体裁、类型多种多样，但语篇中的主位推进又是有规律可循的。国内外许多研究者都在探讨语篇结构的基础上归纳了各自不同的主位推进模式。fanes[1] 提出了常见的五种主位推进模式，目前常见的分类还有：徐盛桓[2] 提出的四种主位推进模式；黄衍[3] 总结的七种主位推进模式；黄国文[4] 归纳的六种主位推进模式；胡壮麟[5] 提出的三种主位推进模式以及朱永生[6] 归纳的四种主位推进模式。然而上述各种分类方法在观察实际语篇时均有不足，本文拟在对实际语篇进行观察的基础上来确定主位推进模式并对其进行分类和统计分析。

二、主位的确定

本研究所选取语料来源于张培基译注的《英译中国现代散文选》（汉英对照）（第2辑）。我们从全书45篇散文中随机抽取15篇及其译文作为研究对象，所选原文包括了11位中国现代著名作家写于1921年至1942年之间的15篇散文作品，共计152个自然段，约15 000字。选定语料后，我们首先确定语篇中各个小句的主位和述位，然后再从小句层面进入语篇层面，确定语篇（主要以句群为单位）中的主位推进模式并对其进行描述和统计分析。

主位是系统功能语法中的一个重要概念。"主位是信息的出发点；它是小句的起始点。"[7] 一个小句中的主位一旦确定，剩下的成分便是述位。Halliday[7] 认为"一般情况下，主位可以被辨认为处于句首位置的那个成分。…但这不是定义主位概念的方法。其定义是功能性的，…"同时他[7] 还指出"句首位置不是定义主位的方法；它只是英语语法中实现主位功能的手段。"姜望琪[8]在对主位概念作了一番考察和梳理之后认为：主位跟"已知信息"是两个不同的概念；主位跟"谈论对象"已彻底分开；主位跟"句首位置"应区分开来。我们认为，应该坚持主位的功能概念，即把主位确定为"信息的出发点"，并与作为"句首成分"的主位这一形式概念区分开来，也就是说并非处在句首位置的成分都是主位，要"区分各个成分被置于句首的原因，只承认那些真正是作为主位被置于句首的才是主位"。[8]坚持这一原则对于确定语料中的小句主位具有重要的指导意义。一般情况下，在进行语料分析时，我们按照Halliday[7]的做法来确定英语中的小句主位；按照方琰、艾晓霞[9]和郑贵友[10]的做法来划分汉语中小句的主位和述位。下面就语料中小句主位确定时的几类特殊情况做出说明。

第一，关于英语中的强势主位结构（enhanced theme construction）的主位划分问题。强势主位结构通过主位引发语（thematic build-up）使其后面的成分得到强化，从而成为强势主位（enhanced theme），即通过句法结构得到加强的主位。"根据加的夫语法（Cardiff Grammar），英语中有三种强势主位结构。"[11]第一种是经验型（experiential）强势主位结构，即传统语法中的分裂句（cleft sentence）；第二种是评价型（evaluative）强势主位结构，即传统语法中的外位结构（extraposed construction）；第三种是存在型（existential）强势主位结构，即传统语法中的存在句。下面我们通过例子分别说明这三种强势主位结构的主位划分问题。

1. 经验型强势主位结构

It is also due to this "gradualness"（T）that one is able to reconcile himself to his reduced circumstances（R）.（p155）

对于这个句子，Halliday[7]和Thompson[12]都称之为谓化主位（predicated theme）结构，根据他们的做法，应把It is also due to this "gradualness"视为本句的主位，其余部分为述位；与此不同，黄国文[13]认为此句属于经验型强势主位结构，根据他的做法，该句中It is是主位引发语，由also due to this "gradualness"单独充当强势主位，剩下的部分是述位。对于这一类句子，我们在语料分析过程中采取了后一种划分方法。

2. 评价型强势主位结构

It is evident（T）that life is sustained by "gradualness"（R）.（p155）

对于这个句子，根据Halliday[7]的分析，该句的主位应为It，其余部分为述位；Thompson[12]称这类句子为主位化评论（thematised comment）结构，根据他的划分方法，该句的主位应为It is evident，其余部分为述位；苗兴伟[14]认为此句属于评价型强势主位结构，根据他的做法，该句中It is是主位强化（引发）语，evident是强势主位，剩下的部分便是述位。对于这一类句子，我们在语料分析中采取了最后一种划分方法。

3. 存在型强势主位结构

There was a farmer（T）who would jump over a ditch holding a calf in his arms on his way to work in the fields every morning and also on his way back home every evening（R）.（p157）

对于这个句子，根据Halliday[7]的分析，该句的主位应为There，其余部分为述位；Thompson[12]则认为There不能满足"表达经验意义"这一主位标准，因为"小句主位应该包含一个经验成分，即及物性系统中的某一成分（如参与者、过程或环境成分）"[7]，因此他认为应把There was一起划分为主位，因为它们一同表达了存在过程，其余部分为述位；张克定[15]认为此句属于存在型强势主位结构，并且There不完全具备主位的条件，根据他的做法，该句中There was是主位触发（引发）语，a farmer是强势主位，剩下的部分是述位。对于这一类句子，我们在语料分析过程中采取了最后一种划分方法。

第二，关于英语主位中出现修饰语前置（preposed attributives）情况下的主位划分问题。Halliday[7]没有对这种情况做出明确的分析，在遇到这一类句子时我们参照了Thompson[12]的划分方法，即把前置修饰语看作主位的一部分，因为"它在结构上依附于随后其所修饰的名词性短语，因此名词性短语可以被视为小句的真正出发点"。Thompson[12]因此，下面例句中的主位就是 Young and light-hearted, they，其余部分为述位。

Young and light-hearted, they（T）were indeed basking in the embrace of the god of happiness（R）.（p90）

第三，关于汉语中无主语句的主位划分问题。先看下面例句：

（T）真是一个令人不平、令人流泪的情景（R）。（p80）

译文：The tragic spectacle（T）is such as to arouse great indignation and draw tears of sympathy（R）!（p82）

这个句子是汉语中典型的无主语句，我们在语料分析时将其视为主位省略、只有述位的小句。这种句子在译文中都是以完整的小句出现的，因为英语中每句话的主语都是不可缺少的，这是英语语言的表达规范。

三、主位推进模式的分类

确定语篇中各小句的主位和述位之后，我们从小句层面上升为语篇层面，以句群为单位来确定语篇中的主位推进模式。本文参照各家之说，根据语言学家 fanes 所定义的"主位推进"概念，在对本研究所选取的语料中英汉语篇结构进行观察的基础上，发现有以下十四种基本模式（注：本文所有例子中 T 和 R 分别代表 Theme 和 Rheme）。

1. 主位同一型（即平行型，一组小句的主位相同，而述位不同，述位从不同的角度对同一个主位加以阐述。）

例1：它（T1）望着我狂吠（R1），它（T2）张大嘴（R2），它（T3）做出要扑过来的样子（R3）。但是它（T4）并不朝着我前进一步（R4）。（p176）

例2：First, I（T1）keep an earnest attitude towards life（R1）. I（T2）love orderliness, discipline and cleanliness（R2）. I（T3）hate to see or hear of things absurd, undisciplined or slack（R3）.（p53）

2. 述位同一型（即集中型，一组小句的主位不同，而述位相同，各句不同的主位都归结为同一个述位。）

例3：使人生圆滑进行的微妙的要素（T1），莫如"渐"（R1）；造物主骗人的手段（T2），也莫如"渐"（R2）。（p152）

例4：Innumerable poets（T1）have sung their praises of the window（R1）, innumerable singers（T2）have extolled it（R2）, innumerable lovers（T3）have fixed their dreamy eyes on it（R3）.（p259）

3. 主位派生型（一组小句中前一句的主位派生出随后几个小句的主位。）

例5：并排的五六个山峰（T1），差不多高低（R1），就只最西的一峰（T2）戴着一簇房子（R2），其余的（T3）仅只有树（R3）；中间最大的一峰（T4）竟还有濯濯的一大块，像是癞子头上的疮疤（R4）。（p161）

例6：The five or six peaks forming the front row（T1）were about the same height（R1）. The westernmost one（T2）had on top a cluster of houses（R2）while the rest（T3）were topped by nothing but trees（R3）. The highest one in the middle（T4）had on it a large piece of barren land, like the scar on a favus-infected human head（R4）.（p163）

4. 述位分裂型（一组小句中前一句的述位分项成为随后几个小句的主位。）

例7：从北平来的人（T1）往往说在上海这地方怎么"呆"得住（R1）。一切（T2）都这样紧张（R2）。空气（T3）是这样龌龊（R3）。走出去（T4）很难得看见树木（R4）。（p27）

例8：Let me（T1）begin with my family background（R1）. My father（T2）was a high-ranking naval officer（R2）. He（T3）was very healthy and strong（R3）and I（T4）do not remember ever to have found him confined to bed by sickness（R4）. My grandfather, also very healthy and strong（T5）, died without illness at the age of 86（R5）. My mother（T6）, however, was very thin and weak, often suffering from headaches and blood-spitting — an illness I was once also liable to（R6）.（p49）

5. 延续型（一组小句中前一句的述位或述位的一部分成为后一句的主位，该主位又引出新的述位。）

例 9：巨富的纨绔子弟（T1）因屡次破产而"渐渐"荡尽其家产，变为贫者（R1）；贫者（T2）只得做雇工（R2），雇工（T3）往往变为奴隶（R3），奴隶（T4）容易变为无赖（R4），无赖（T5）与乞丐相去甚近（R5），乞丐（T6）不妨做偷儿（R6）……（p152）

例 10：People（T1）are generally inclined to cherish the memory of their childhood（R1）. Be it happy or sad（T2）, it is always regarded as the most significant part of one's life（R2）.（p49）

6. 交叉型（一组小句中前一句的主位成为后一句的述位。）

例 11：城门低暗的洞口（T1）正熙熙攘攘地过着商贾路人（R1），一个个（T2）直愣着呆呆的眼睛（R2），"莫谈国事"的唯一社会教育（T3）使他们的嘴都严严封闭着（R3）。（p227）

例 12："Time"（T1）is the essence of "gradualness"（R1）. Ordinary people（T2）have only a superficial understanding of time（R2）.（p157-158）

7. 并列型（一组小句中两种不同的主位交替出现，述位也随之变化。）

例 13：西洋人（T1）究竟近乎白痴，什么事都只讲究脚踏实地去做（R1），这样费力气的勾当（T2），我们聪明的中国人，简直连牙齿都要笑掉了（R2）。西洋人（T3）什么事都讲究按部就班地慢慢来，从来没有平地登天的捷径（R3），而我们中国人（T4）专门走捷径（R4），而走捷径的第一个法门（T5），就是善吹牛（R5）。（p95）

例 14：Because of their earnest and down-to-earth approach to work（T1）, westerners are, in the eyes of Chinese smarties, next door to idiotic（R1）. They（T2）are being laughed at by Chinese smarties for the tremendous amount of energy they put into their activities（R2）. While westerners（T3）go about whatever work they do methodically and patiently, never dreaming of reaching great heights in one stop（R3）, we Chinese（T4）are always given to seeking a shortcut and regard the ability to boast as the master key to it（R4）.（p97）

（注：在我们所选取的语料中，并列型的主位推进模式出现较少且不够典型；但根据我们对其他语篇的观察，这的确是一种基本的主位推进模式。）

8. 主述合并型（一组小句中前一句或前几句中主位和述位的内容一起作为后一句的主位。）

例15：甚至在虎圈中，午睡醒来，昂首一呼（T1），还能使猿猴战栗（R1）。万兽之王的这种余威（T2），我们也还可以在作了槛内囚徒的虎身上看出来（R2）。（p181）

例16：On the eve of the fall of the "Gang of Four"（T1）, I used to go to Longhua Park every day for a reading session, seeking shelter from a sea of frosty looks and hostile stares in a world of my own（R1）. That（T2）will forever remain an unforgettable experience of my life（R2）.（p253）

9. 跳跃型（一组小句中不相邻句子的主、述位之间存在联系，使得主位推进过程跳跃着向前发展。）

例17：我（T1）也不能不感谢这个转变（R1）！十岁以前的训练（T2），若再继续下去，我就很容易变成一个男性的女人，心理也许就不会健全（R2）。因着这个转变（T3），我才渐渐地从父亲身边走到母亲的怀里，而开始我的少女时期了（R3）。（p47）

例18：A fall of snow a couple of days before（T1）had brought to the city dwellers a touch of brightness（R1）, but now（T2）what an ugly scene reigned（R2）! The raw wind（T3）sent the snow on the tiles along the eaves whirling in the air in tiny bits and adroitly making its way down the necks of the pedestrians by way of their collars（R3）. The streets（T4）had become slushy by exposure to the prankish sun（R4）, and the thawing snow（T5）was dotted with traces of footsteps（R5）.（p228）

10. 插入型（主位推进过程中偶尔插入与上文各句的主、述位都没有明显联系的句子。）

例 19：我的老师（T1）很爱我，常常教我背些诗句（R1），我（T2）似懂似不懂的有时很能欣赏（R2）。比如那"前不见古人，后不见来者，念天地之悠悠，独怆然而涕下"（T3）。我独立山头的时候（T4），就常常默诵它（R4）。（p46）

例 20：The dark low archway of the city gate（T1）was thronged with tradesmen and pedestrians passing to and fro, each staring blankly ahead（R1）. Acting on the public warning "No discussing state affairs"（T2）, people had learned to keep their mouth closely shut（R2）. Yes, trouble（T3）seemed to be brewing（R3）. But they（T4）knew not the trouble was between whom and whom（R4）.（p229）

11. 越级型（一组小句中各句的主、述位之间无明显联系，但都直接服务于语篇主题或某个话题。）

例 21：同时那北海的红漪清波（T1）浮现在眼前（R1），那些手携情侣的男男女女（T2），恐怕也正摇着画桨，指点着眼前清丽秋景，低语款款吧（R2）！况且又是菊茂蟹肥时候（T3），料想长安市上，车水马龙，正不少欢乐的宴聚（R3），这漂泊异国，秋思凄凉的我们（T4）当然是无人想起的（R4）。（p87）

例 22：Was she（T1）overcome with regret（R1）? Maybe, but who（T2）knows（R2）! How（T3）the military life had shaped her disposition（R3）! How rhythmical and plaintive（T4）the bugle sounded from the barracks at twilight（R4）! Were tender feelings and soft passions（T5）exclusive to young girls（R5）?（p60-61）

12. 框架型（一组小句中一个处于较高层次的小句或短语作为超主位出现后，随后是一系列下一层次的小句。）

例23：在不知不觉之中（T0），天真烂漫的孩子（T1)"渐渐"变成野心勃勃的青年（R1）；慷慨豪侠的青年（T2)"渐渐"变成冷酷的成人（R2）；血气旺盛的成人（T3)"渐渐"变成顽固的老头子（R3）。（p152）

例24：This（T0）does not mean, however, that happiness and optimism（T1）are no good（R1）, healthy wakefulness（T2）is undesirable（R2）, sweets of life（T3）are evil（R3）and hearty laughter（T4）is vicious（R4）.（p36）

（注：T0代表超主位）

13. 排比型（一组三个以上结构相同的小句，但每一句的主、述位各不相同。）

例25：所以心如槁木（T1）不如工愁多感（R1），迷蒙的醒（T2）不如热的梦（R2），一口苦水（T3）胜于一盏白汤（R3），一场痛哭（T4）胜于哀乐两忘（R4）。（p33）

例26：Therefore, being sentimental（T1）is better than apathetic（R1）, having a warm dream（T2）is better than becoming a living corpse（R2）, drinking a bitter cup（T3）is better than a cup of insipid water（R3）, having a good cry（T4）is better than being insensitive to both sorrow and happiness（R4）.（p36）

14. 空主位推进型（一组小句中前一个小句的主位出现后，随后几个小句的主位呈前省略。）

例27：它（T1）展着笔直的翅膀（R1），（T2）掠过苍老的树枝（R2），（T3）掠过寂静的瓦房（R3），（T4）掠过皇家的御湖（R4），（T5）环绕灿烂的琉璃瓦（R5），（T6）飞着（R6），（T7）飞着（R7）。（p227）

例 28：I（T1）never played with a doll（R1），（T2）never learned how to do needlework（R2），（T3）never used cosmetics（R3），（T4）never wore colors or flowers（R4）.（p50）

（注：在我们所选取的语料中，译文中仅此一例空主位推进模式，而且是受原文影响所致；与此相反，原文中此种模式大量存在，这是由英汉两种语言的不同特点造成的。）

一般情况下，语篇中各句之间主、述位的联系和发展是按照上述几种基本模式（或这些模式的交叉使用）逐步推进的。需要指出的是：第一，后一句使用前一句的主位或述位，不一定非要逐字重复原来的词语，往往是只取其中的一部分语义内容，或是语义内容有所变化和发展；第二，这些基本模式只是对语篇发展形式的描述，在语言的实际运用中，由于事物本身以及思想表达的复杂性，往往是几种模式配合使用，语篇的整体主位推进模式就是这些基本模式在不同层次上的有机结合，各种模式都在语篇的整体框架中发挥一定的作用。

四、主位推进模式在语篇中的分布

在确定语篇中的各种主位推进模式之后，我们可以分别统计出主位推进模式在源语语篇和译语语篇中的分布情况。

表 1　主位推进模式在原文中的分布（以句群为单位观察）

模式	出现次数	占总数的百分比
主位同一型	61	18.3%
延续型	60	18.0%
空主位推进型	42	12.6%
越级型	35	10.5%
跳跃型	27	8.1%

续表

模式	出现次数	占总数的百分比
交叉型	26	7.8%
述位同一型	18	5.4%
主述合并型	14	4.2%
框架型	13	3.9%
述位分裂型	8	2.4%
排比型	5	1.5%
主位派生型	4	1.2%
插入型	3	0.9%
并列型	1	0.3%
复合模式	16	4.8%
合计	333	100%

注：复合模式是指在同一个句群中出现两个或两个以上不同的主位推进模式混合使用的情况（下同）。

从表1可以看出，原文中出现次数较多的几种主位推进模式分别是主位同一型、延续型、空主位推进型和越级型，这四种模式占总数的59.4%。其中主位同一型和延续型在原文和译文中都是出现频率最高的两种模式，因为这两种模式是最普遍使用的语篇组织模式。与译文相比，最明显的区别在于原文中空主位推进模式的大量存在，这是由汉语语言的意合特点造成的。越级型的比率偏高主要源于汉语散文的特点，即不拘一格、夹叙夹议、借景抒情、托物言志等，以及中国文人的写作特点，即讲究文采、旁征博引等。

表2　主位推进模式在译文中的分布（以句群为单位观察）

模式	出现次数	占总数的百分比
主位同一型	83	28.8%
延续型	73	25.3%
交叉型	26	9.0%
越级型	25	8.7%
跳跃型	22	7.6%
述位同一型	19	6.6%
框架型	12	4.2%
主述合并型	8	2.8%
述位分裂型	5	1.7%
主位派生型	2	0.7%
插入型	2	0.7%
排比型	2	0.7%
并列型	1	0.4%
空主位推进型	1	0.4%
复合模式	7	2.4%
合计	288	100%

从表2可以看出，译文中出现次数较多的主位推进模式是主位同一型和延续型，这两种模式占总数的54.1%，明显多于其他模式的出现次数。这两种最常用的主位推进模式在译文中所占的比率也超出它们在原文中所占的比率，这在一定程度上反映了译文的规范化倾向。

五、结语

本研究在观察实际英、汉语篇的基础上总结了十四种主位推进模式，并统计出了它们在语篇中的分布情况，在此基础上我们还可以就汉英语篇翻译中主位推进模式的转换进行描述和统计分析，进而发现导致主位推进模式改变的各种原因及其背后的制约因素。限于篇幅，我们将另文探讨这一问题。

» 本章参考文献：

[1] fanes, F. Functional sentence perspective and the organization of the text [A]. in F. fanes (ed.), Papers on Functional Sentence Perspective [C]. The Hague： Mouton, 1974: 106–128.

[2] 徐盛桓. 主位和述位 [J]. 外语教学与研究，1982（1）：1–9.

[3] 黄衍. 试论英语主位和述位 [J]. 外国语，1985（5）：32–36.

[4] 黄国文. 语篇分析概要 [M]. 长沙：湖南教育出版社，1988.

[5] 胡壮麟. 语篇的衔接与连贯 [M]. 上海：上海外语教育出版社，1994.

[6] 朱永生. 主位推进模式与语篇分析 [J]. 外语教学与研究，1995（3）：6–12.

[7] Halliday,M.A.K..AnIntroductiontoFunctionalGrammar（2ndedition）[M].Beijing: ForeignLanguageTeachingandResearchPress,2000.

[8] 姜望琪. 主位概念的嬗变 [J]. 当代语言学，2008（2）：137–146.

[9] 方琰，艾晓霞. 汉语语篇主位进程结构分析 [J]. 外语研究，1995（2）：20–24.

[10] 郑贵友. 汉语句子实义切分的宏观原则与主位的确定 [J]. 语言教学与研究，2000（4）：18–24.

[11] Huang, G. W. Experiential Enhanced Theme in English [A]. in M. Berry, C. S. Butler, R. P. Fawcett & G. W. Huang (eds.), Meaning and Form: Systemic Functional Interpretations [C]. Norwood, New Jersey: alex Publishing Corporation, 1996: 65–112.

[12] Thompson, G. Introducing Functional Grammar [M]. Beijing: Foreign Language Teaching and Research Press, 2000.

[13] 黄国文. 英语强势主位结构的句法－语义分析 [J]. 外语教学与研究，1996（3）：44–48.

[14] 苗兴伟.英语的评价型强势主位结构[J].山东外语教学,2007(2):54-57.
[15] 张克定.英语存在句强势主位的语义语用分析[J].解放军外国语学院学报,1998(2):39-45.
[16] 张培基(译注).英译中国现代散文选(第2辑)[M].上海:上海外语教育出版社,2003.

第五章　汉英语篇翻译中主位推进模式的转换

一、引言

主位推进模式是实现语篇功能的一种重要手段，也是译者解读原文和构建译文时的重要参照。目前将主位推进模式应用于语篇翻译研究中的探讨（如刘富丽[1]、李健[2]等）多为理论上的思辨，辅以少量例证，这种经验式的研究不利于准确观察和有效描述翻译过程中实际发生的语际转换规律。本文在观察和分析具体翻译文本的基础上描写汉英语篇翻译过程中实际发生的主位推进模式的转换现象，总结其转换规律，并从理论上对这种转换现象做出解释。

二、理论基础：翻译研究的描写路径

Ioury[3]曾明确指出："就其确切的性质而言，翻译学是实证性的，应该按照实证性学科的方法进行研究。"从客观存在的翻译现象出发，通过对这些现象的系统描写和解释来验证一切理论模式和理论假设，这是描写译学的本质要求。因此，秉此描写路径的语篇翻译研究应当首先对大量真实的翻译文本进行描述，然后从所描述的翻译文本的语言和语篇特征中探寻翻译文本所固有的规律性特征或翻译普遍性。具体说来就是，提出研究问题和假设，收集语料，对语料进行分类、描写和统计，从理论上解释统计结果，验证和修正假设，总结规律。

在描写译学的总体框架下对语篇翻译过程中主位推进模式的转换进行深入细致的描写，首先要合理地选取语料，并且语料的数量要足够大以确保观察的充分性；然后就实际翻译文本中发生的具体转换现象进行全面的统计和系统的分类并逐一分析，以保证描写的充分性；最后要在认真观察和充分描写的基础上说明转换中的规则现象和不规则现象，总结转换规律，分析转换过程中的各种制约因素，并从理论上做出阐述，尽量做到解释的充分性。在充分观察、描写和解释的基础上深入探讨语篇翻译中主位推进模式的转换规律，并在翻译实践中验证这些规律。

三、研究设计

（一）研究问题

我们的问题是：在实际的语篇翻译中，译者在多大程度上保留了源语语篇的主位推进模式？在没有保留的情况下，译者是如何转换源语语篇的主位推进模式的？这种转换是否有规律可循？导致源语语篇的主位推进模式在翻译时发生变化的原因是什么？有哪些深层因素制约着译者的选择？

（二）理论假设

从理论上讲，翻译时译者应当尽量保留源语语篇的主位推进模式；但是由于不同语言之间存在着差异，在句法结构和表达方式上各有自己的特点，这在一定程度上会影响到翻译中源语语篇主位推进模式的保留。Baker[4]认为"如果原文的主位推进模式无法在译语中自然地再现，那么你就不得不放弃它。这时必须保证译文具有自己的推进方式并具有自身的连贯性。"因此，我们认为，大部分情况下译者都会保留源语语篇的主位推进模式，同时鉴于英汉两种语言之间的差异，在一部分情况下译者会根据译语的语言规范对源语语篇的主位推进模式做出调整。

（三）语料的选取和分类

本研究所选取语料来源于张培基译注的《英译中国现代散文选》（汉英对照）（第2辑）。我们从全书45篇散文中随机抽取15篇及其译文作为研究对象，所选原文包括了11位中国现代著名作家写于1921年至1942年之间的15篇散文作品，共计152个自然段，约15 000字。选定语料后，我们首先确定语篇中各个小句的主位和述位，然后从小句层面进入语篇层面，确定语篇（主要以句群为单位）中的主位推进模式，最后观察从原文到译文主位推进模式的转换情况，并对其进行描述和统计分析。

国内外许多研究者都在探讨语篇结构的基础上归纳了各自不同的主

位推进模式。fanes[5]提出了常见的五种主位推进模式,目前常见的分类还有:徐盛桓[6]提出的四种主位推进模式;黄衍[7]总结的七种主位推进模式;黄国文[8]归纳的六种主位推进模式;胡壮麟[9]提出的三种主位推进模式以及朱永生[10]归纳的四种主位推进模式。本文参照各家之说,根据语言学家fanes[5]所定义的"主位推进"概念,在对本研究所选取的语料中英汉语篇结构进行初步观察的基础上,认为有以下十四种基本模式:主位同一型、述位同一型、主位派生型、述位分裂型、延续型、交叉型、并列型、主述合并型、跳跃型、插入型、越级型、框架型、排比型和空主位推进型。(限于篇幅,例子省略。)

四、主位推进模式的转换

(一)主位推进模式的转换策略(以段落为单位观察)

以段落为单位观察,发现译文对原文中的主位推进模式有三种不同的转换策略,即直接保留、适当调整和重新建构。下面是这三种不同的转换策略在译者建构译语语篇时的使用情况。

表1 译文中对原文主位推进模式的转换(以段落为单位观察)

转换策略	段落数	占总段落数的百分比
保留	38	27.9%
调整	71	52.2%
重建	27	19.9%
合计	136	100%

注:本研究所选取的原始语料(原文)共计152段,由于其中16段只有一句话,无法考察其主位推进模式,因此有效语料共计136段(译文与原文的段落数目保持一致)。

从表1可以看出,以段落为单位观察,译者在建构译语语篇的过程中,直接保留源语语篇主位推进模式和重新建构译语语篇主位推进模式的情况所占比率都比较低,而对源语语篇中的主位推进模式做出适当调整的情况占多数。这说明从段落层面上来实地考察译者在建构译语语篇时对源语语篇中主位推进模式的转换情况，结果与我们的假设是不相符的，即译者直接保留源语语篇主位推进模式的比率仅有 27.9%，更多情况下译者对源语语篇中的主位推进模式进行了调整甚至重建。以下是每一种转换策略使用时的典型译例。

1. 保留原文的主位推进模式

直接保留源语语篇的主位推进模式是指译者在建构译语语篇时完全模仿源语语篇的主位推进模式（注：本文所有例子中 T 和 R 分别代表 Theme 和 Rheme）。

例 1：她（T1）男装到了十岁（R1），十岁以前（T2），她父亲常常带她去参与那军人娱乐的宴会（R2）。朋友们（T3）一见都夸奖说，"她英武的一个小军人！今年几岁了？"（R3）父亲（T4）先一面答应着，临走时才微笑说，"她是我的儿子，但也是我的女儿。"（R4）（p57）

译文：She（T1）was always dressed like a male child until she was ten（R1）. Before that（T2）, her father would often take her with him when he attended dinner parties arranged for the recreation of servicemen（R2）. Her father's friends（T3）, the moment they saw her, would praise her by saying, "What a heroic little soldier! How old are you now?"（R3）Her father（T4）would end up the small talk smilingly with, "She's my son as well as my daughter."（R4）（p59）

此例中，原文 R1 与 T2 构成的延续型主位推进模式以及 R2 与 T4 构成的跳跃型主位推进模式都在译文中直接保留了下来。

2. 调整原文的主位推进模式

适当调整源语语篇的主位推进模式是指译者在建构译语语篇时，在保留源语语篇主位推进模式基本框架的前提下，对其中的部分主位推进模式做出改变。

例 2：唉！这（T1）仅仅是九年后的今天（R1）。呀，这短短的九年中（T0），我（T2）走的是崎岖的世路（R2），我（T3）攀缘过陡峭的崖壁（R3），我（T4）由死的绝谷里逃命（R4），使我（T5）尝着忍受由心头淌血的痛苦（R5），命运（T6）要我喝干自己的血汁，如同喝玫瑰酒一般（R6）……（p86）

译文：Oh, nine years（T1）had quickly passed since then（R1）. During the nine fleeting years（T0），I（T2）had trekked on the rugged journey of life, climbed up steep cliffs, and made good my narrow escape from the valley of death（R2）. I（T3）had experienced the agony of a bleeding heart（R3）. I（T4）had been forced by destiny to drink up my own blood like I did red wine（R4）…（p90）

此例中，原文中的框架型主位推进模式（以T0为超主位开始直到段落结束）在译文中得以保留；在此框架下又作了一些适当的调整：原文中R1与T0构成的延续型主位推进模式改变为译文中T1与T0构成的主位同一型推进模式；原文中T2到T4构成的主位同一型推进模式通过小句合并改变为译文中的一句话（以T2为主位）；原文中T5与R6构成的交叉型主位推进模式改变为译文中T3与T4构成的主位同一型推进模式。

3. 重建译文的主位推进模式

重新建构译语语篇的主位推进模式是指译者在建构译语语篇时，在打乱源语语篇主位推进模式的基础上，建构出完全不同于源语语篇的主位推进模式。

例3：飞机（T1）由一个熟悉的方向飞来了（R1），洪大的震响（T2）惊动了当地的居民（R2）。他们脸上（T3）各画着一些恐怖的回忆（R3）。爬在车辙中玩着泥球的孩子们（T4）也住了手，仰天望着这只奇怪的蜻蜓，像是意识出一些严重（R4）。及至蜻蜓（T5）为树梢掩住（R5），他们（T6）又重新低下头去玩那肮脏的游戏了（R6）。（p227）

译文：A plane（T1）appeared out of the blue from a direction only too familiar to the local inhabitants, roaring to the alarm of everybody, on whose face was written memories of some previous horrors（R1）. Kids, who had been crawling about over ruts playing a game of small clay balls（T2）, now stopped to look up at the strange dragonfly in the sky, subconsciously feeling that something ominous was going to happen（R2）. However, they（T3） soon lowered their heads again to bury themselves in the messy game（R3） as soon as the dragonfly（T4）disappeared from view behind the treetops （R4）.（p228）

此例中，原文中 T1 与 T2 构成的主位同一型推进模式以及 R2 与 T3 构成的延续型主位推进模式通过小句合并改变为译文中的一句话（以 T1 为主位）；原文中 T4 与 T6 构成的跳跃型主位推进模式改变为译文中 T2 与 T3 构成的主位同一型推进模式；原文中 R4 与 T5 构成的延续型主位推进模式改变为译文中 R2 与 T4 构成的跳跃型主位推进模式。

（二）主位推进模式的转换（以句群为单位观察）

以句群为单位观察，译文对原文中主位推进模式的转换有不变和改变两种情况。下面是这两种转换在译者建构译语语篇时的使用情况。

表2　译文中对原文主位推进模式的转换（以句群为单位观察）

转换情况	出现次数	占总数的百分比
不变	154	45.6%
改变	184	54.4%
合计	338	100%

从表2可以看出，以句群为单位观察，在译者建构译语语篇的过程中，源语语篇的主位推进模式不变的比率要低于改变的比率。这说明从句群层面上来考察译者在建构译语语篇时对源语语篇中主位推进模式的转换情况，结果与我们的假设也是不相符的，即源语语篇的主位推进模式没有发生变化的比率是45.6%，还是少于源语语篇中主位推进模式发生变化的情况。下面分别对每一种转换情况进行再分类。

1. 主位推进模式的不变

下面是在译者建构译语语篇的过程中源语语篇的主位推进模式没有发生变化的情况。

表3 翻译时主位推进模式（以句群为单位观察）未发生变化的情况

模式	出现次数	占总数的百分比
延续型	35	22.7%
主位同一型	32	20.8%
跳跃型	18	11.7%
越级型	16	10.4%
框架型	12	7.8%
交叉型	11	7.1%
述位同一型	8	5.2%
述位分裂型	5	3.3%
主述合并型	5	3.3%
主位派生型	2	1.3%
插入型	2	1.3%
排比型	2	1.3%
并列型	1	0.6%
空主位推进型	1	0.6%
复合模式	4	2.6%
合计	154	100%

从表3可以看出，在译者建构译语语篇的过程中，源语语篇的主位推进模式没有发生变化的情况中，延续型、主位同一型、跳跃型和越级型这四种主位推进模式的出现次数明显多于其他模式，占总数的65.6%。这在某种程度上说明了在汉英语篇翻译过程中这四种主位推进

模式（尤其是前两种模式）被保留的概率较大，当然这只是初步的结论，尚需更多的语料来验证。

2. 主位推进模式的改变

下面是在译者建构译语语篇的过程中源语语篇的主位推进模式发生变化的情况。

表4　翻译时原文中被改变的主位推进模式（以句群为单位观察）

模式	出现次数	占总数的百分比
空主位推进型	41	22.3%
主位同一型	29	15.8%
延续型	25	13.6%
越级型	19	10.3%
交叉型	15	8.1%
述位同一型	10	5.4%
主述合并型	9	4.9%
跳跃型	9	4.9%
述位分裂型	3	1.6%
排比型	3	1.6%
主位派生型	2	1.1%
插入型	1	0.5%
框架型	1	0.5%
并列型	0	0
复合模式	12	6.5%
一句话	5	2.7%
合计	184	100%

注：一句话的情况是由小句重组（包括合并和拆分）所致（下同）。小句合并（或拆分）会导致译文中的句子数量以及相应的主位推进模式比原文有所减少（或增加）。

从表4可以看出,在译者建构译语语篇的过程中,源语语篇的主位推进模式发生变化的情况中,空主位推进型、主位同一型、延续型和越级型这四种主位推进模式出现次数占总数的62%。其中主位推进模式改变最为明显的就是空主位推进型,其发生改变41次,占总数的22.3%,这说明了两点:第一,汉语语言的意合特点以及由此带来的汉语句法结构和篇章组织结构上的特点,即汉语语篇中的句子在出现一个话题主位之后,随后往往便是一连串省略主位的流水句对其加以评论,这些句子只要语义上连贯,一般不受句法结构上的约束,从而导致空主位推进模式的大量出现。第二,英语语言的形合特点以及由此带来的英语句法结构上的特点,即英语在造句时特别强调句法结构上的完整性和规范性,因此汉语中的这些句子在翻译成英语时往往通过小句重组被处理成一个或几个句法结构完整的句子。而主位同一型、延续型和越级型这三种主位推进模式被改变的次数较多,我们认为这与译者的翻译策略和方法有关。

表5 翻译时译文中(与原文对照)发生变化的主位推进模式(以句群为单位观察)

模式	出现次数	占总数的百分比
主位同一型	51	27.7%
延续型	38	20.7%
交叉型	15	8.1%
述位同一型	11	6.0%
越级型	9	4.9%
跳跃型	4	2.2%
主述合并型	3	1.6%
主位派生型	0	0

续表

模式	出现次数	占总数的百分比
述位分裂型	0	0
框架型	0	0
插入型	0	0
排比型	0	0
并列型	0	0
空主位推进型	0	0
复合模式	3	1.6%
一句话	50	27.2%
合计	184	100%

从表5可以看出，与源语语篇的主位推进模式相比，在译者建构译语语篇的过程中最为显著的变化有两个：一是主位同一型和延续型这两种主位推进模式以及一句话的情况出现次数占绝大多数，占发生变化总数的75.6%；二是译语语篇中有七种主位推进模式根本没有出现。这两个显著的变化说明了就主位推进模式而言，译文中存在着明显的规范化倾向，因为译文中更多地使用了最常用的主位同一型和延续型主位推进模式，而一些不常用的主位推进模式都未使用。另外，一句话的情况的大量出现是由于译者在翻译过程中较多地进行小句合并所致。由于汉语语篇中较多地出现了这两种情况：在语义上紧密联系、以某个话题为中心辅以评论的一组小句大量存在；原文都是特定时期的散文，其中标点符号的使用较为随意。因此，译者在翻译时较多地采取了小句合并的方法，一方面使得译语语篇中的小句数量比源语语篇有所减少，译语语篇的结构层次更加清晰，这也是译文中规范化的一个表现；另一方面导致了译语语篇中主位推进模式的数量比源语语篇减少了45个。

表6 主位推进模式（以句群为单位观察）改变中出现频率较高的十种情况

模式的改变（原文→译文）	出现次数	占总数的百分比
空主位推进型→主位同一型	23	12.5%
主位同一型→一句话	11	6.0%
空主位推进型→一句话	10	5.4%
主位同一型→延续型	10	5.4%
延续型→一句话	8	4.2%
延续型→主位同一型	6	3.3%
交叉型→主位同一型	6	3.3%
越级型→延续型	6	3.3%
越级型→一句话	6	3.3%
空主位推进型→延续型	6	3.3%
合计	92	50%

注：语料统计结果显示，主位推进模式的改变一共出现184次，其中包括66种不同类型的主位推进模式的改变。

从表6可以看出，在译者建构译语语篇的过程中出现频率较高的10种变化主要是转变为译文中的主位同一型（35次）和延续型（22次）这两种主位推进模式以及一句话的情况（35次），共92次，占发生变化总数的50%。这也说明了就主位推进模式而言，译文中存在着明显的规范化倾向，因为译文中更多地使用了最常用的主位同一型和延续型主位推进模式。而改变为一句话的情况较多，主要是由于译者在翻译过程中较多地进行小句合并造成的，也是译文中规范化的一个表现。同时，在源语语篇被改变的主位推进模式中,出现频率较高的 10 种情况主要是空主位推进型(39 次)、主位同一型(21 次)、延续型(14 次)、越级型(12 次)和交叉型(6 次)这五种主位推进模式,共 92 次,占发生变化总数的 50%。主位推进模式的改变一共出现 184 次,共包括了 66 种不同类型的改变,而主位推进模式改变中出现频率较高的这 10 种类型就出现了 92 次,占发生变化总数的 50%,因此,我们认为出现频率较高的这 10 种情况应该在很大程度上代表了汉英语篇翻译中主位推进模式的转换规律。当然,今后还需要在包含更多语种翻译的、更大规模语料的基础上来验证、修订和完善这些转换规律。

(三)导致主位推进模式改变的直接原因

由于主位推进模式就是在语篇的层面上观察语篇中各个小句的主位、述位之间发生联系和变化的各种组合形式,因此,导致语篇中主位推进模式改变的直接原因应该就是小句的主位和述位的变化。下面是导致译文中主位推进模式发生变化的各种原因。

表 7　　导致译文中主位推进模式改变的直接原因

原因	出现次数	占总数的百分比
汉语中的话题主位转换为英语中的主语主位	31	10.9%
汉语中的隐性主位转换为英语中的显性主位	39	13.7%
原文的主位内容转换为译文的述位内容	82	28.8%
小句重组(小句合并或拆分)	80	28.0%
其他原因	53	18.6%
合计	285	100%

从表 7 可以看出,由于英汉两种语言之间的差异所导致的汉语话题主

位与英语主语主位的转换以及汉语隐性主位与英语显性主位的转换，出现次数较少，一共只占了总数的 24.6%。而由于译者的翻译策略和方法所造成的原文主位内容与译文述位内容之间的转换以及小句重组，出现次数相当多，占总数的 56.8%。这就说明了在汉英语篇翻译中，主位推进模式的转换不仅受到英汉两种语言之间差异的制约，更多的是受到译者翻译行为的影响。这也说明了为什么在段落和句群两个层面上源语语篇主位推进模式的保留、不变的比率都小于调整、改变的比率。这同时也给我们的理论假设与统计结果的某些偏差提供了解释，因为我们只考虑到了两种语言之间的差异会影响译者在译语语篇建构过程中对源语语篇主位推进模式的转换，但忽视了译者的主体性及其对翻译结果造成的影响。

需要指出的是，主位转换的原因有两大类：一类是由于译语语言规范而必须进行的转换，即强制性转换；另一类是由于译者个人喜好而造成的转换，即非强制性转换。下面译例是属于典型的强制性转换。

我（T1）愈怕（R1），狗（T2）愈凶（R2）。(p176)

译　文：And the more scared（T1）I was（R1），the fiercer（T2）he became（R2）.(p177)

五、研究发现

通过对所选取语料的描述和统计分析，我们初步得出以下几点结论：第一，在实际的汉英语篇翻译中，源语语篇的主位推进模式在译者建构译语语篇的过程中得以保留的比率较低。这一方面是由于英汉两种语言和文化之间的差异所致，另一方面是源于译者的翻译策略和方法的运用。第二，在汉英语篇翻译过程中，有十种类型的主位推进模式的转换比较突出，出现频率较高，它们在很大程度上代表了汉英语篇翻译中主位推进模式的转换规律。第三，以段落为单位考察，我们发现主位推进模式的转换与段落的长短有一定的关系，一般来说，段落越短，主位推进模式得以保留的概率就越大；段落越长，尤其是在包含多个句群的段落中，译者就越倾向于调整或重建主位推进模式。第四，一般情况下，主位的改变导致了主位推进模式的改变，有时会出现几种类型的主位改变共同导致了一次主位推进模式的改变，因此统计结果显示主位改变的次数要多于主位推进模式改变的次数，但有时也会出现主位的改变并未影响到主位推进模式转换的情况。第五，就语篇翻译中主位推进模式的转换而言，译文中存在着规范化的倾向，主要表现在大量使用最常用的主位同一型和延续型主位推进模式，同时其他几种不常用的主位推进模式则较少出现。

六、结语

上述发现尚需更多的研究来验证，因为本研究所选取的语料样本规模不大，这会在一定程度上影响研究结果的可信度和研究结论的普遍适用性。此外，本研究所选取的语料全部来源于某一个译者的翻译作品，这使得研究结论会受到译者翻译风格的影响。鉴于上述局限性，今后应在以下几个方面进行更为深入的研究：第一，在更大规模语料的基础上开展更加深入细致的研究，进一步探寻语篇翻译中主位推进模式转换的规律性特征。第二，选取语料时要考虑到包括不同译者的翻译作品，这样可以从译者的维度来考察语篇翻译中主位推进模式的转换策略。第三，选取语料时可以包括多种语种之间互译的翻译文本，这样可以使得研究结论具有更为普遍的适用性。

» 本章参考文献

[1] 刘富丽. 英汉翻译中的主位推进模式 [J]. 外语教学与研究，2006（5）：309–312.

[2] 李健，范祥涛. 基于主位推进模式的语篇翻译研究 [J]. 语言与翻译，2008（1）：62–66.

[3] loury, G. Descriptive Translation Studies and Beyond [M]. Shanghai: Shanghai Foreign Language Education Press, 2001.

[4] Baker, M. In Other Words: A Coursebook on Translation [M]. Beijing: Foreign Language Teaching and Research Press, 2000.

[5] Danes, F. Functional sentence perspective and the organization of the text [A]. in F. Danes (ed.), Papers on Functional Sentence Perspective [C]. The Hague: Mouton, 1974: 106–128.

[6] 徐盛桓. 主位和述位 [J]. 外语教学与研究, 1982（1）: 1-9.

[7] 黄衍. 试论英语主位和述位 [J]. 外国语, 1985（5）: 32-36.

[8] 黄国文. 语篇分析概要 [M]. 长沙: 湖南教育出版社, 1988.

[9] 胡壮麟. 语篇的衔接与连贯 [M]. 上海: 上海外语教育出版社, 1994.

[10] 朱永生. 主位推进模式与语篇分析 [J]. 外语教学与研究, 1995（3）: 6-12.

[11] Nord, C. Translating as a Purposeful Activity: Functionalist Approaches Explained [M]. Shanghai: Shanghai Foreign Language Education Press, 2001.

[12] 张培基（译注）. 英译中国现代散文选（第2辑）[M]. 上海: 上海外语教育出版社, 2003.

第六章　汉英语篇翻译中主位推进模式转换的制约因素

一、引言

主位推进模式是实现语篇功能的一种重要手段，它不仅可以帮助作者有效地生成语篇，也有助于译者准确地解读语篇，因此是语篇翻译中需要着重考虑的一个因素。由于英语汉语隶属于不同的语言和文化体系，两种语言之间存在着较大的系统差异，因此，语篇翻译中主位推进模式的转换肯定会受到语言和文化层面上的制约。

二、语言层面上的制约因素

（一）主语突出与话题突出

根据美国语言学家李讷和汤普森提出的新的语言类型学的观点，英语是一种主语突出的（subject-prominent）语言，汉语是一种话题突出的（topic-prominent）语言。作为一种主语突出的语言，英语中的主位在大部分情况下和主语重合。"一般情况下，除标记性主位以外，英语的主位结构和主谓结构具有极高的相关性。同时主位与述位的区别在很大程度上与传统语法中主语与谓语的区别相同。"[1] 而汉语作为一种话题突出的语言，句子大多不具备像英语中那样明确的形式结构特征，常常是以意合组织在一起，以话题为中心辅以评论的句子大量存在。"汉语句子从本质上讲是一种以'话题＋评论'为铺排格局的语义结构，汉语的主位基本上就是话题。"[2] 而且汉语话题的一个特点就是"一旦一个成分成为话题，这一成分在随后的句子中都可以省略。"[1]

因此，在英语汉语之间进行语篇翻译，在小句层面上必须要处理好两种语言之间的主、述位转换问题，也就是要处理好英语句中的"主语＋谓语"结构和汉语句中的"话题＋评论"结构的适当转换问题。主位问题在英译汉时具体体现在如何把英语中的主语主位转换成汉语中的话题主位,翻译时往往需要重新安排主位,确立话题;在汉译英时具体体现在如何把汉语中的话题加评论模式转换为英语中的主谓结构模式,同时相应地转换原文与译文的主位与述位。

从语篇层面上看,汉语的一个语篇或段落中只要有一个话题,那么各种相关的信息都可以围绕这一话题来组织和展开。汉语语篇通常是围绕某个话题而展开的,语篇中各句主、述位之间的衔接和推进有时并不明显,语篇结构显得较为松散,但整个语篇的语义依然连贯。而英语的一个语篇或段落中信息通常是由主位组织起来并层层展开和向前发展的,这就是英汉两种语言在语篇信息组织方面的差异。在这种情况下进行汉英语篇翻译,译者如果直接保留源语语篇的主位推进模式,在译语语篇的各句主位中引入各种不同的信息,往往会导致语篇结构松散、信息组织混乱,因此通常需要调整源语语篇的主位推进模式以形成译语语篇中清晰的语篇组织结构和信息流动走向。

(二)形合与意合

"所谓'形合'(hypotaxis)指借助语言形式手段(包括词汇手段和形态手段)实现词语或句子的连接;所谓'意合'(parataxis)指不借助语言形式手段而借助词语或句子的意义或逻辑联系实现它们之间的连接。前者注重语句形式上的接应,后者注重行文意义上的连贯。"[3]英语重形合,组篇造句时"常用各种形式手段连接词语、分句或句子,注重显性衔接,注重句子形式和结构完整,注重以形显义。"[4]而汉语重意合,组篇造句时"少用甚至不用形式连接手段,注重隐性连贯,注重逻辑事理顺序和功能、意义,注重以神统形。"[4]形合和意合不仅体现在两种语言的句法结构上,还体现在它们的篇章组织结构上。

英汉语言之间形合与意合的不同表达特点给篇章组织结构上带来的差异也会体现在主、述位的衔接和推进方式上。英语语篇中前后句子的衔接和语义的连贯十分注重主、述位的有序推进,而且主要是通过语法、词汇等语言形式手段将各句的主位、述位衔接起来以明确它们之间的关系,形成前后照应,进而表达整个语篇的意义和逻辑关系,即注重显性连接和结构完整，以形显义。而汉语语篇中主、述位的推进关系有时并不太明显，前后句子中主位、述位的衔接少用或不用形式衔接手段，整个语篇的逻辑关系主要依靠句子间语义的整合来表达，即注重隐性连贯，以义统形。

从篇章层面上看，英汉语言之间在形合与意合上的这种差异对语篇构建时采用的主位推进模式产生了较大影响。这尤其表现在，对于主位同一型推进模式，英语往往借助于代词的照应或定冠词的使用来体现各句主位的衔接；而这种情况下汉语则往往强调语义的连贯，尽量避免代词的重复，第一个主位出现后，在随后的句子中常常被省略，从而形成空主位推进模式。这就说明了为什么语料统计结果显示汉语语篇中空主位推进模式大量存在，而英语语篇中仅有一例，而且还是完全受到源语语篇主位推进模式的影响所致。这也是英汉语言之间在形合与意合上的差异给英汉语篇翻译带来的影响。因此，汉英语篇翻译中译者通常会将汉语语篇中的空主位推进型模式转换为译语语篇中的主位同一型推进模式，而且在我们的语料统计结果中这种转换也是出现次数最多、最为明显的一条转换规律。

三、文化层面上的制约因素：英汉民族思维模式的差异

不同民族、不同文化之间有着不同的思维模式。由于语篇的构建过程其实就是人们的思维过程在语言上的反映，思维模式的差异决定了语篇结构的不同。英汉民族在思维模式上存在着差异，因而英汉语言表现出不同的句法结构和篇章组织结构，在语篇构建过程中对主位和主位推进模式的选择亦有所不同。

英汉民族之间思维模式的差异首先体现在"华夏民族倾向于注重整体思维，表现为综合性思维方式，强调整体程式。而西方人则倾向于注重个体思维，表现为分析性的思维方式，强调结构程式。"[5]因此，综合性整体思维在汉语上表现为突出整体性综合框架，多主题句，在同一主题或话题下一组小句按照自然逻辑和事理顺序铺排展开，形散而神合。西方分析性思维方式在英语上表现为强调结构完整和逻辑严谨，多

主谓提携句，而且主语一般不能省略，句子中的其他成分也不可随意选择和排列。其次，"西方美学注重逻辑思维、重理性，同时比较强调以实证为基础的形式论证，故而形成一种理性思维定式。而中国传统美学则注重知觉思维、重体悟，因而形成一种强调意念流而比较忽视逻辑形式论证的思维定式。"[5]因此，在西方民族重逻辑思维而汉民族重模糊思维这两种模式的影响下，英汉两种语言分别呈现出不同的特点，即英语注重形合，语言形式聚合，语法呈显性；而汉语注重意合，语言形式流散，语法呈隐性。因为"汉民族的模糊思维客观上要求其语言在使用逻辑连接词时具有灵活、简约的特征，从而使语言必然呈现出意合特征；西方民族形式逻辑式的思维客观上则要求其语言在表述逻辑关系时必须依赖连接词，因而其语言必然呈现出形合特征。"[6]除此以外，英汉民族在思维模式上还存在着以下几大差异，即"英民族重抽象思维，汉民族重形象思维；英民族重直线思维，汉民族重曲线思维；英民族重对立式思维，汉民族重统一式思维；英民族重主体中心思维，汉民族重主客体融合思维。"[7]

  英汉民族的思维模式除了体现在语言的句子层面上，还反映在英汉语言的语篇组织模式上。英语语篇主要靠语言形式手段连接起来表达各种意义和逻辑关系，多用语法手段和词汇手段来连接句子和组织语篇；在段落中注重运用一定的形式手段将语义内容清晰地连接起来，并且段落中的每一个句子都在语义上与段落主题紧密相连，使得段落的意义清晰地相互联系在一起。英语中以句子为基本单位，由一个个完整的句子组织成篇章，每个句子都是从前面的句子中延伸或分化出来，段落发展呈直线型。英语中选词造句和组织篇章都表现出注重语言形式上的衔接，辅以各种形态变化，共同制约着句子结构和篇章格局。而汉语在语篇结构上不像英语语篇那样受到形式上的约束。汉语语篇少用或不用语言形式衔接手段，多通过语义手段、内在逻辑联系和语境来构建语篇，语篇结构往往呈隐性状态，有时显得流散，但内在逻辑清晰。汉语注重内在意念，一般无须借助语法和词汇衔接手段，仅靠词语和句子意义上的逻辑联系便能构成连贯的语篇，这也反映了汉语注重整体，以意驭形的特点。汉语语篇在很大程度上表现为一种以意合法为主要手段形成的意念流，多流水句式，而且分段并不严格，具有很大的随意性。

中西方思维模式的差异从本质上制约和影响着英汉语言的特点和发展。英汉民族不同思维模式之间的差异是导致英汉两种语言在句法结构和篇章结构上存在差异的深层根源。而一定的语篇模式又反映出一定的思维模式，英汉语言在主位推进模式上的差异也反映出英汉民族的不同思维模式在语篇构建上的差异。

四、译者的翻译目的

两种语言、文化之间的差异固然存在，但这种差异对语篇翻译的影响能否成为现实，归根到底取决于译者。作为跨文化交际的一种形式，翻译是一种有目的、有意图的活动，"翻译是一种为实现特定目的的复杂行为。"[8]译者总是带着特定的目的从事翻译，因此译文的预期目的和功能决定了译者对特定的翻译策略和方法的选择，而翻译策略和方法的运用在很大程度上决定了语篇翻译中语篇组织结构和主位推进模式的转换情况。

译者实施翻译行为是要让那些不懂原文的读者通过其译文了解原文的思想内容。那么译者就会尽量使译文在译语情景和译语文化中按照译语读者所期待的方式发生作用，使译文既能有效传达出原文信息，又能迎合译文读者的审美期待，便于他们理解和接受。

译文的预期读者是译者翻译实践的目标对象，译者为了实现其翻译目的和价值，必然会关注目标读者的文化背景、阅读期待和接受水平，从而决定相应的翻译策略和方法。然而译者翻译的原文主要是二十世纪二十年代至五十年代中国现代作家的散文作品，由于文化背景、思维方式以及语言表达习惯上的差异，原文作者的写作意图及其采用的语篇形式与译文目标读者的接受能力之间存在着一定的差异，因为这些英语国家的预期读者一般缺少有关中国社会、历史、文化等方面的背景知识，这就要求译者对译文进行适当的调整。Nida[9]指出"原文和译文之间语言的差距越大就越需要进行调整；原文和译文之间文化的差距越大就越需要进行调整。"因此译者在翻译过程中坚持从译语读者的角度出发,根据译文的预期目的和预期读者选择他的翻译策略。

于是译者在翻译时一方面考虑如何去有效地传达原文的信息和思想,即语义内容,因而较少关注原文的形式结构特征;另一方面考虑如何尽量按照英语的语言规范和行文规范来组织译语语篇,以保证译文的可读性和可接受性。因此,译者在建构译语语篇时主要参照英语的语篇规范,导致了对源语语篇中主位推进模式的保留比率较低;但同时他也不可避免地受到源语语篇的影响,出现了主位推进模式没有发生变化的情况。当然,译者在翻译过程中进行语言转换时也不可避免地带有一定的个人倾向,这也会在一定程度上影响译语语篇的结构和主位推进模式的转换。

五、结语

本文结合研究结果总结了汉英语篇翻译中制约主位推进模式转换的一些因素,这些因素不仅包括语言和文化层面上的因素,如英汉语言之间的系统差异以及英汉民族在思维模式上的差异,还包括译者的翻译目的等。这些因素都在不同层面上共同制约着译者在语篇翻译中的翻译选择,从而导致译文中出现了主位推进模式发生变化的各种情况。

» 本章参考文献

[1] Baker, M. In Other Words: A Coursebook on Translation [M]. Beijing: Foreign Language Teaching and Research Press, 2000.

[2] 李运兴. 语篇翻译引论 [M]. 北京:中国对外翻译出版公司,2001.

[3] 刘宓庆. 汉英对比与翻译 [M]. 南昌:江西教育出版社,1992.

[4] 连淑能. 英汉对比研究 [M]. 北京:高等教育出版社,1993.

[5] 张思洁,张柏然. 试从中西思维模式的差异论英汉两种语言的特点 [J]. 解放军外国语学院学报,1996(5):8–12.

[6] 张思洁，张柏然. 形合与意合的哲学思维反思 [J]. 中国翻译，2001（4）：13–18.

[7] 王扬. 思维模式差异及其对语篇的影响 [J]. 四川外语学院学报，2001（1）：81–83.

[8] Nord, C. Translating as a Purposeful Activity: Functionalist Approaches Explained [M]. Shanghai: Shanghai Foreign Language Education Press, 2001.

[9] Nida, E. A. Language and Culture: Contexts in Translating [M]. Shanghai: Shanghai Foreign Language Education Press, 2001.

第七章　英汉翻译转换过程中的搭配限制

一、引言

语言之所以具有无穷的表达力，是因为它本身丰富的词汇和词汇之间的搭配。语言中的词几乎总是结伴出现，但词项的结合并非是任意的，它们结合起来表达意义时会受到限制，即搭配限制。词语搭配为语言提供了形象、生动的表达方式，也为研究一种语言提供了丰富的材料。研究词的搭配就是研究某个词与另外一个（一些）词一起使用的现象。由于语言和文化环境的差异，不同的语言存在不同的词语搭配习惯和搭配限制。因此，在翻译时译者应该考虑到两种不同语言的搭配习惯和搭配限制，使译文读来流畅、自然。本文拟在简要回顾搭配研究的基础上探讨英汉翻译转换过程中的搭配限制。

二、搭配与搭配限制

搭配（collocation）这一概念最早由英国语言学家弗斯在20世纪50年代提出，根据弗斯"由词之结伴可知其意"的论断，搭配指词与词之间的结伴关系（accompaniment）或词的习惯性共现（habitual co-occurrence）。词的意义从与它结伴出现的词中体现，研究词语搭配就是研究词项的习惯性结伴使用，习惯性搭配中的词项相互期待和预见[1]。搭配作为一种常见的语言现象，不同的语言学家对其有不同的理解，并从不同的角度加以研究。各类研究主要从共现和选择限制（selection restrictions）的角度来探讨这个问题，因为搭配关系主要体现为共现原则和选择限制原则。共现指的是一些词项与另外一些词项经常同时出现；选择限制原则指语法规则和词汇语义特征对词汇选择的限制作用。

韩礼德认为，搭配是"一些词与另外一些词同时出现的语言现象"[2]，还将其定义为"共现趋势"[3]，即如果一组词汇义项具有相同的词汇环境并且经常相邻出现，它们之间就存在一种搭配关系。他从语篇衔接的角度研究搭配，认为词汇衔接手段可以分为两类：一类是"词项复现"，另一类是"词项共现"，并把搭配看作词汇衔接的手段之一，搭配通过"经常共同出现的词项之间的语义联系"来实现语篇衔接功能[2]。

随着语料库语言学的兴起和发展，出现了基于语料库的实证搭配研究，即用统计手段测量共现数据以确定搭配的典型性，找出词语搭配的规律。语料库语言学家（如 Sinclair）对搭配的研究"着重通过词项检索（concordance）研究主导词（node）在一定间隔（span）内的搭配词（collocates），通过语料库可以为词语的搭配（词语在语篇中有共同出现的倾向）找到统计学上的根据"[4]。基于语料库的搭配研究表明，许多词或词组在使用中呈现出一个趋势：它们总是在一定的语境中共现，如 perfectly 常与表示积极意义的形容词搭配使用。基于语料库的研究还提出了语义韵（semantic prosody）理论。"语义韵即语义倾向，可大体分为积极的（positive）、中性的（neutral）和消极的（negative）三类。"[5]语义韵是搭配的一个语义特征，很大程度上决定着搭配的词语选择。"词汇因语义韵的不同具有不同的搭配，同时使搭配具有了与之相同的语义韵。"[5]词语搭配的选择性限制中对语义韵的探讨深化了词语搭配研究并拓宽了搭配的语义限制的研究范围。

词汇之间的搭配并不是随意的，具有一定的范围。语义学趋向于用选择限制的机制去解释词项的组合。"跟 Noam Chomsky 提出的句法选择限制条件（selection restrictions）一样，搭配也是有其限制条件（collocational restrictions）的"[4]。有两个方面的因素制约着词的搭配，即语法限制和词汇限制。根据搭配的不同性质及其限制条件，可以把搭配分为语法搭配和词汇搭配。语法搭配也称句法搭配，指词与词按照句法规则的组合，其结构固定，用词相对自由；词汇搭配即语义搭配，指词与词根据相互之间的语义关系形成组合。根据词汇搭配的选择限制程度可以将其分为自由组合、限制性搭配和固定搭配，"严格意义上的搭配实际上是把搭配研究限制在'限制性搭配'和'固定搭配'的范围内"[4]。多数研究者从语义和修辞的角度对词汇搭配进行探讨，Leech划分的七种意义中便有词的搭配意义，并将其定义为"由一个词所获得的各种联想构成的，而这些联想则产生于与这个词经常同时出现的一些词的意义"[6]。也就是说，一个词项的部分意义通过与其他词项的搭配体现出来。

  钱瑗指出："搭配这一概念从狭义的'词项习惯搭配'发展为广义的'词项同现'。"[7]本文探讨的搭配是指出现在句子内部的词语共现，即语义层上词项的习惯性搭配，主要是形名搭配和动名搭配。在这类搭配中，一个词项的出现往往对另一词项产生限制。Palmer 提出了三种搭配限制：词项的意义、词项的搭配范围和搭配习惯[8]。汪榕培认为搭配的限制条件包括"两个词概念意义的相关性，关联意义的相关性，个别词语约定俗成的用法"[4]。可见，搭配限制包括语义限制、语境限制和约定俗成。搭配的语义限制是指形成搭配的词语之间应具有相同的语义特征或内在的语义联系。如"green cow"就违反了词语搭配的语义限制。搭配的语境限制是指某个词语搭配的意义取决于特定的语境，如在"He won the game and her heart."一句中，"won her heart"的意义需要参照语境。搭配中的约定俗成是指不同语言中特有的那些习惯搭配，如英语中的"rain cats and dogs"和汉语中的"天干路晴"等。

三、翻译中的搭配限制

  由于语言和文化环境的差异，不同语言有着不同的搭配限制。词的搭配有时是不能跨语言的，在一种语言中可接受的搭配，在另一种语言中不一定可以接受。英汉两种语言都具有不同的文化、习俗，以及特有的民族思维方式和审美情趣，它们在长期使用过程中形成了各自固定表达方式和搭配用法。因此，英译汉时要关注那些不一致的搭配和汉语的表达习惯，以确保译文自然，如英语中的"take medicine"对应汉语的"吃药"，英语也会用"drink"（喝）或"swallow"（吞服），但不会用"eat"。汉语的"大风"和"大雨"对应英语的"strong wind"和"heavy rain",但不会用"big"。这反映英汉语言具有不同的搭配习惯和搭配限制,也说明词的搭配范围是有限的。"搭配模式化(patterning)反映出不同的语言社团对某些表达方式或语言组合有所偏好"[9]。源语和译语搭配模式的差异,尤其是那些具有文化特色的搭配(culture-specific collocations),成为翻译中的难题。

(一)语义限制与搭配的翻译

就语篇中的词汇使用而言,语义关系决定了词汇之间的组合形式。因此,"搭配既与词汇有关,也与句法有关。但是,最重要的也是最值得注意的应该是不同词汇或不同成分之间的语义联系"[10]。语言交际中的一切选择都是为了实现意义表达,词语搭配也是如此。"两个词在语义上没有联系不可能形成搭配,但是,每个词可接受搭配的范围是不一样的"[4]。搭配体现的是共现词语之间的内在语义联系,搭配关系反映了深层的词汇语义关系。形成搭配的两个词是由一种基本的意义关系粘着在一起的,正是这个词对于能与它相搭配的那个词施加了语义限制。语义限制是最主要的搭配限制,词语搭配的意义之所以是明确的,是因为搭配伙伴间在语义上的相互限定。例如:

(1) But Mrs. Norris had a spirit of activity, which could not be satisfied till she had written a long and angry letter to Fanny, to point out the folly of her conduct, and threaten her with all its possible ill consequences.

但诺理斯夫人却不行,生性好动,有话不说,如何使得,当即长信一封,语多怨恚,寄给范妮,指出她行事如何荒唐,并以种种不妙后果相威胁。[11]

(2) There is then no sympathy, but an uneasy craving after it, and a dissatisfaction which pursues you on the way, and in the end probably produces ill humor.

这时双方之间便没有了相互了解可言,有的只是苦苦寻索,只是难满人意,结果必然使你一路不快,甚至心绪恶劣。[11]

(3) One of the things commonly said about humorists is that they are really very sad people – clowns with a breaking heart.

人们对幽默家常好说的一句话便是，这种人实际是些悲惨的人——一些伤透了心的丑角。[11]

（4）Here John expanded all his eyebrows and tried to look courageous.
这时约翰马上眉头一展露出一副英勇气概。[11]

（5）I even journeyed one long summer's day to the summit of the most distant hill, whence I stretched my eye over many a mile of terra incognita, and was astonished to find how vast a globe I inhabited.

一次，在一个漫长的夏日天气，我竟漫游到了一座远山之巅，登临纵目，望见了数不尽的无名广土，因而惊悟所居天地之宽。[11]

在以上五例中，前三例是形名搭配，后两个是动名搭配。如前所述，形成搭配的两个词由一种基本的意义关系粘着在一起，正是这个词对于能与之搭配的那个词施加了语义限制。在"ill consequences"和"ill humor"中，不能按照字典中的对应词把"ill"翻译为"生病的"，因为当它与"consequence"（后果）和"humor"（心绪）搭配使用时，这两个名词对与其搭配的形容词"ill"的词义施加了限制，使其义转化为"不妙的"和"恶劣的"，以达到语义特征一致，因为搭配中的词项相互依赖以决定各自的意义，即搭配意义。同样，在"breaking heart"中，不能把"breaking"照字面译为"（打）碎的"，因为与其搭配的名词"heart"限制了它的词义，所以根据汉语的搭配习惯将其译为"伤（透）心的"。因此，在翻译形名搭配时，需要根据名词的意义适当改变起修饰作用的形容词的词义，以满足译文搭配中词语之间的语义相容。在"expanded all his eyebrows"和"stretched my eye over"中，英语的动名搭配难以直接转换成汉语，汉语译文转换成了"展"和"纵"，因为汉语中名词的意义对动词施加了一种特定的限制。因此，在翻译动名搭配时，要根据名词的词义来确定动词的意义选择，以满足语义上的相容。可见，英语搭配在翻译成汉语时，有时需要根据搭配的限制，对译文搭配中的意义选择进行适当调整。

（二）语境限制与搭配的翻译

词语的使用与语境是不可分离的，语境是确定语义的重要因素，脱离了语境往往很难确定一个词的意义。词的使用一旦与语境相联系，便可能会产生语用性语义或临时性语义。同样，一个词由于搭配的原因可能会在原有的语义基础上派生出新的意义，一个词在搭配中的词义并不一定等同于它单独存在时的意义。语境对词语搭配的限制和影响主要体现在特定的语境下，搭配中某词的词义得以引申并适用于新的搭配。例如：

（6）Charming, rather hesitant, a heavy smoker and a heavy gambler, he had made such headway into his fortune that he had decided to sell his last major asset...[9]

他富有魅力却优柔寡断，不仅是个烟鬼，还嗜赌如命，曾经一夜暴发，却不得不决定变卖自己最后一处值钱的资产。

在上例中，"heavy"一词的词义和用法在语境中得以引申，由传统的搭配"heavy smoker/drinker"扩展为新的搭配"heavy gambler"，因此可以参照常用搭配加以类推，根据前一个搭配的意义来理解后一个新的搭配。可见，语境限制了搭配中的词汇的意义。当然，这种搭配由于其独特性而难以在汉语译文中得到充分地传达。再看几例：

（7）This hair style fits her and the times.

这发型很适合她，而且很新潮。

（8）He lost his legs and mind in the war.

战争中他不仅失去了双腿，而且疯了。

（9）In order to do his homework he did not only the deskwork but also the legwork in the library.

为了完成作业他不仅做了案头工作，还做了到图书馆查资料的跑腿活。

在上例中，"fits her""lost his legs""do his homework"都是英语中的常规搭配，而"fits the times""lost his mind""did the deskwork""did the legwork"则分别是在特定语境中由词义引申而形成的非常规搭配，要正确理解和翻译这些搭配的意义，就不能撇开它们出现的特定语境，因为正是这些特定的语境导致了词义的拓展，从而形成了新的不合常规的搭配。汉语中也有类似的搭配：

（10）蜜蜂是在酿蜜，也是在酿造生活；不是为自己，而是为了人类酿造最甜的生活。

（三）约定俗成与搭配的翻译

词与词的搭配在某种语境中重复出现，久而久之会形成固定搭配，进而成为习语。习语是搭配中的一类，这种词项组合（搭配）的意义与其中任何一个词项的意义都无直接关系，并且不等于所有成分意义的总和，而是作为一个固定的词义出现的，如"kick the bucket""fly off the handle"等。搭配中的约定俗成是指不同语言中特有的那些习惯搭配，集中体现在固定搭配和习语上，它们由不可任意分割的词语固定地组合在一起，其中的成分一般也无法以其他词替代而表达相同的意义。固定搭配（包括习语）最明显地体现出一种语言的独特性和搭配习惯，而且有些固定搭配完全是任意性的。因此，约定俗成的搭配对词汇选择的限制程度更高，原有的组成成分也由于这种限制性而往往难以在译文中得到保存，一般是翻译出整体的意义。当然，这种约定俗成的结构也会有变体，而且在翻译的选择中也不是一成不变的。例如：

（11）The Japanese imperialists try to make hell while the sun shines.

日本帝国主义者趁末日到来之前胡作非为。

（12）Keep your shirt on, we have plenty of time to catch the train.

别太紧张了，我们有足够的时间赶上火车。

Daddy, keep your shirt on, please! I'm sorry, but the traffic was very bad today.

老爸，求您别发火，我很抱歉，但是今天交通堵塞得厉害。

不难看出，约定俗成的结构只能在翻译中传达意义，因为搭配中成分之间的相互限制更具有强制性，因此几乎无法在修改其中部分的前提下保存其他部分。

总之，语言单位的搭配中具有不同程度的限制性，这种限制不仅制约了搭配中词项之间的相互联系，也制约了搭配的跨语言传达。在翻译过程中既要充分考虑到搭配的语义限制、语境限制和约定俗成，以便正确理解词语搭配的意义，还要照顾到译语的表达习惯。正如贝克所说：

"翻译时要考虑到搭配意义，而不是用字典中的对等词去替换每一个源文中的词项，这是非常重要的"[9]。

四、结语

任何一种语言中的词语搭配都有一定的范围，超出这个范围就会难以接受。由于英汉两种语言具有不同的表达方式和搭配用法，因此，在翻译这些搭配时，既要考虑到源文语言中词语的搭配限制，又要照顾到译文语言的搭配习惯，以确保译文自然。当然，任何语言中词的搭配范围都不是一成不变的，由于新词语和词的新词义不断产生，随之会出现一些新的搭配；另外，人们为了一定的目的故意使用一些新奇的搭配，像这类有标记的创新搭配常常出现在文学作品中，体现了语言使用的创造性、艺术性。语言丰富多彩，翻译时就要具体情况具体分析，尽量使词语搭配的语义关系合理化，并符合译入语的表达习惯。

» 本章参考文献

[1] Firth, J.R. Papers in Linguistics [M]. London: Oxford University Press, 1957.

[2] Halliday, M.A.K. & basan, R. Cohesion in English [M]. Beijing: Foreign Language Teaching and Research Press, 2001.

[3] Halliday, M.A.K. An Introduction to Functional Grammar（2nd edition）[M]. Beijing: Foreign Language Teaching and Research Press, 2000.

[4] 汪榕培. 英语搭配新探 [J]. 外语与外语教学，2000（10）：35-38.

[5] 甄凤超.《英语搭配的结构与功能特性》述评 [J]. 当代语言学，2006（2）：185-188.

[6] Leech, Geoffrey. Semantics: The Study of Meaning (2nd edition) [M]. Harmondsworth: Penguin Books Ltd, 1981.

[7] 钱瑗. 对 collocation 的再认识 [J]. 外语教学与研究，1997（1）：43-47.

[8] Palmer, F. R. Semantics（2nd edition）[M]. Cambridge: Cambridge University Press, 1981.

[9] Baker, Mona. In Other Words: A Coursebook on Translation [M]. Beijing: Foreign Language Teaching and Research Press, 2000.

[10] 朱永生. 搭配的语义基础和搭配研究的实际意义 [J]. 外国语，1996（1）：14–18.

[11] 高健. 英文散文一百篇 [M]. 北京：中国对外翻译出版公司，2001.

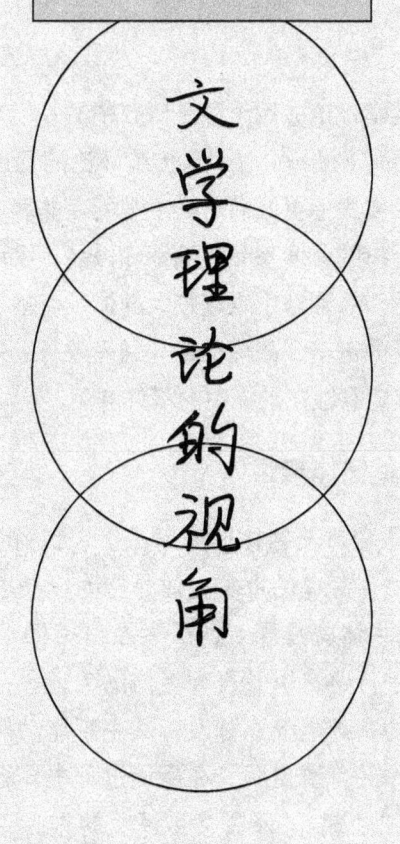

中篇

文学理论的视角

第八章　汉语散文翻译中的审美再现：以《樱之家》的英译为例

一、引言

翻译美学是将美学理论应用于翻译研究中的一门交叉学科，中西方的译论均与美学有着深厚的渊源。"中国传统译论的理论基础就是美学。"[1] 我国翻译理论在思维模式上更倾向于从主观的而非客观的、感性的而非理性的、体验的而非分析的角度来品评翻译和译品。汉语散文具有形散而神不散的特点，是文学作品翻译中难度较大的体裁。本文从翻译美学的角度分析译本，探究译者的审美、翻译策略和翻译效果，揭示译者如何理解和再现原文之美以及美感磨蚀在翻译中的不可避免。

二、翻译的审美主体与客体

翻译的审美主体和审美客体密不可分。"翻译的审美客体就是译者所要加工翻译的原文，翻译的审美主体是指对审美客体进行审美活动的人。"[2] 翻译的审美主体就是译者，译者在审美活动中肩负着两项重要任务：对审美客体进行鉴赏以及再现客体的美感。在翻译的过程中译者也可以在尊重原文的基础之上充分发挥其主观能动性。充分理解审美客体，是译者审美工作的首要步骤，在翻译过程中译者往往要对审美客体进行一定程度的加工处理。"译者又是译文的作者，他必须为译文读者留下可以任他们驰骋的想象空间，唤起读者的阅读期待，激发读者的审美创造力，使其在阅读过程中获得最大的审美愉悦，实现原作生命力的延续及译本的美学价值。"[3] 就文学翻译而言，译本是以情感与艺术形象来再现原作对现实的审美关系的，因此读者也应以文学的方式阅读文学译本，以审美的态度关照与体验译本的艺术形象。

汉语是声调语言，汉语的四声构成了汉语发音的抑扬顿挫。在《樱

第八章　汉语散文翻译中的审美再现：以《樱之家》的英译为例

之家》这篇散文中描述雪景时，作者使用了三个音韵感很强的词语："白茫茫""亮晶晶"和"白皑皑"，而在英语语言中并没有与之相对应的单词，此时译者若拘泥于此，不仅会使译文晦涩难懂，还会损害原文的美感。译者把这三个词分别翻译为"all was white""glittering"和"snow-capped"，清楚地解释了"白茫茫""亮晶晶"和"白皑皑"的原意。在这篇散文中，作者还使用了许多生动优美的辞藻来描写景色、表达内心世界。例如在描述日本少女时，作者用了"粉颈"这个词，若按字面意思翻译为 powdered necks 的话，不仅会失去原来的美感还会让读者难以理解，译者将其处理成 delicate necks，表达了原意且引人遐思。

三、散文翻译中的审美再现策略

审美再现就是译者对审美客体进行理解并将自己的审美体验在译文中再现出来。面对英汉互译中的精确美感与模糊美感，一般有四种基本的翻译方法，"以精确译精确、以精确译模糊、以模糊译精确和以模糊译模糊。"[1]

（一）以精确译精确

以精确译精确是最常使用的审美再现策略，译者对原文中的某些四字成语的翻译就体现了这一原则。如"这是一座精巧玲珑的小房子"这句话的译文是"an exquisite small house"，译文用了两个形容词，将玲珑所含的"小"的意思也翻译了出来。同时译者对某些句子的翻译也体现了这一审美再现策略，如"你质问她为什么不租给中国人"，其译文是"if we had asked her for the reason why"，在这一句的翻译中，不仅将主语——我和朋友表达了出来，也将原文中暗含的虚拟语气表达了出来。

（二）以精确译模糊

译者在进行审美再现的过程中，常常需要将原文经过自己的加工之后呈现出来，从而使译文精确，能充分表达原文的内在含义。原文有一句话："你如果要到樱之家去，最经济，最美丽的道路自然是穿过树林。自己在树底下行走，如果把风景看得太严重了，反倒没什么趣味"。此处的"经济"和"美丽"并不是用来形容道路的，"经济"指的是捷径、最快到达的方法，而"美丽"指的是路上的风景；"严重"也并非其本意，而是有其内在含义，即指将自己的注意力完全集中在欣赏景色上。翻译的时候要将内在的逻辑表达出来，译者的处理是"the shortcut to Sakura Apartment was by a beautiful track through this forest. While walking in the shade of the trees, I preferred not to focus my attention exclusively on the scenery."译文中的"shortcut"，"beautiful track"，"exclusively"就是经过译者逻辑加工和处理的，将其内在含义表达了出来。

（三）以模糊译精确

模糊译法是审美再现的重要策略之一。由于汉语和英语表达习惯的差异，一些词可以在翻译过程中省略或者不采取直译的手法。例如，原文中有一句"森林的旁边有一湾溪水，这溪水永远在潺潺的流着。"原文中的"潺潺的流着"很难精确的翻译，若硬要按照字面翻译，会使译文晦涩难懂。译者将其译成"which kept babbling along"，"babbling"这个词用得恰到好处，看似翻译的模糊概括，实则将原文的"潺潺"和"流着"都表达了出来。有时数词也可以采用模糊的译法或者省略不译。如原文中"我最初望到它时，脑筋里立刻受了一个大大的刺激"，这一句中的"一个"便可以根据译者的审美忽略不译。其相对应的译文是"I was very much struck by it at first sight."译文简洁明了，体现了译者的审美认识和加工。

（四）以模糊译模糊

成语或者习语在表达情感、描述事物时往往有一种模糊朦胧之美，将原文中的习语或者成语译成相对应的习语或者成语，可以以模糊译模糊。例如，原文中有一句"她会乱七八糟地说中国人如何爱闹爱吵"，"乱七八糟"是一个成语，作者将其译成"she was to cooked up stories of how noisy and messy the Chinese were."其中，"to cook up"就是英语中的一个习语。有时以模糊译模糊的审美再现手法可以灵活的处理一些不可直译的词汇或句子。作者在描述自己找房子的困难时，写到"为了找房子，不知花费我多少时间，受过多少闲气"，此处的"闲气"一词十分具有汉语特色，若按字面意思翻译会比较晦涩。译者用"I often met with snub"

这句来翻译"闲气","snub"是"冷落、怠慢"之意,朦胧之中透出了精确之意,处理得十分恰当。

四、散文翻译中的美感磨蚀

在汉英翻译过程中,由于语言文化之间的差异,译者想要完全再现原文之美有时很难实现,此时美感的磨蚀不可避免。

(一)语言差异与美感磨蚀

"汉语在几千年的重意、重神的哲学和美学传统的影响下,形成了一种注重内在关系、隐含关系、模糊关系的语法结构素质。"[4]英汉之间的语法差异是导致翻译过程中美感磨蚀的重要原因。汉语的用词和句式都比较灵活,较少受到语法的限制,语义关系不明确;而英语则讲究条理逻辑,重视客观描述而非主观感觉。这个差别往往会导致美感的磨蚀。例如,在原文中有这么一句话"下了电车,走过铁路,就是一条有相当热闹的乡村的街",相对应的译文是"After alighting from a street car and crossing a railway track, I came to a busy village street."原文中并没有主语,而翻译成英语后必须要将主语翻译出来;原文的"下了电车,走过铁路"和"就是一条有相当热闹的乡村的街"隐含了一个先后关系,要用连词"after"表达出来;"有相当热闹的乡村的街"这句话,很难像中文那样简洁生动地表达出来,译成"a busy village street"虽简洁,却失去了生动之感。又如,原文中写到"雨天,路太坏了,不但感觉不到什么好处,而且非常恨这块地方。"其对应的英译是"On a rainy day, however, the bad condition of the track was abominable."译文中加了连词,省略了原文的"不但感觉不到什么好处",虽然说译的简洁明了,但原文那娇嗔的感情却没有再现出来。

(二)意境差异与美感磨蚀

中国的散文,尤其是写景叙事散文,特别强调意境美,英汉散文翻译的目标之一就是再现原文的意境之美。汉语散文的意境往往展现的是模糊美,并且英语与汉语在写景状物方面存在极大的差异,导致了汉语的一些意境无法用对应的英语表达出来,从而造成美感的磨蚀。如作者在描写月光时用了"清朗"一词,译者将其翻译成"bright",原文中的"清朗"所描述的绝非仅仅是明亮这个意思,这种意境在英语中找不出对应的单词,只能翻译成 bright,造成美感的磨蚀。原文中有一句描写景物的句子:"寂静、清洁自不言待,最令人怀念的是黄昏时分晚风吹动的松涛和在清晨听到的一声声告春鸟的歌唱。"这句话勾勒出了一个非常美的意境,晚风、松涛、歌唱给人无限的美的遐想。其译文是:"All was quiet and clean. The most memorable thing was the soughing of the wind in the pines at dusk and the singing of spring birds at dawn."译成英语后这种遐想就消失了,完全没有了原文的意境美。

此外,"汉语在长期的语言实践中形成的四六骈体,行文用字宜双不宜单的习惯助长了汉语表达妍美华彩的特点。"[1]许多成语、诗句等翻译成英语就会变成平淡如水的文字。如原文中有一句"这些话不知引起我们发过多少牢骚,有时就气得啼笑皆非","啼笑皆非"的原意是哭也不是笑也不是,形容处境尴尬。英语中并没有与此相对应的词汇,译者将其翻译为"both laughable as well as irritating",这句译文并不能描绘啼笑皆非的感觉,美感磨蚀不可避免。又如原文中有一句"樱之家就是在山水清幽的地方建筑起来的",山水清幽短短的四个字却包含了无限的美感,让人脑中浮现出樱之家附近美丽的自然景色,然而其译文却丧失了这四字成语带给我们的美感,仅仅描绘出了字面意思:"a natural environment of peace and quit."虽有遗憾却不可避免。

五、结语

对审美客体的认识和理解是实施翻译的前提条件,而审美主体对原文的审美再现是翻译汉语散文的关键。概而言之,汉语散文翻译的审美再现策略包括以精确译精确、以精确译模糊、以模糊译精确、以模糊译模糊四种。然而,由于语言和文化方面的差异,即使译者能够充分理解审美客体并且能够自如运用审美再现的翻译策略,有时还是无法避免美感的磨蚀,这是英汉语言的差异造成的结果。

第八章 汉语散文翻译中的审美再现：以《樱之家》的英译为例

» 本章参考文献

[1] 毛荣贵. 翻译美学 [M]. 上海：上海交通大学出版社，2005.

[2] 刘宓庆. 翻译美学导论 [M]. 北京：中国对外翻译出版公司，2005.

[3] 戴玉霞. 飞鸿踏雪泥诗 风幕禅意——从接受美学视角看苏轼诗词翻译中禅境的再现 [J]. 外语教学，2011（5）：105-109.

[4] 潘文国. 汉英语对比纲要 [M]. 北京：北京语言大学出版社，1997.

[5] 张培基. 英译中国现代散文选（第三辑）[M]. 上海：上海外语教育出版社，2007.

第九章　从阐释学的视角看文学翻译中的审美再现：以《洛丽塔》的汉译为例

一、引言

阐释学（hermeneutics），亦称诠释学，是一门关于理解和解释的科学，最初由德国哲学家施莱尔马赫（Friedrich Schleiermacher）所开创，这一时期的阐释学亦被看作古典阐释学。而现代阐释学发端于德国哲学家海德格尔（Martin Heidegger），后来伽达默尔（Hans-Georg Gadamer）将海德格尔的本体论与古典哲学结合起来，进一步推动了阐释学的发展。

在文学作品的翻译中，译者不仅要实现一般意义上的忠实和通顺，更要善于传递作品中的审美因素。将阐释学原理应用于文学翻译领域，对文本进行字面解释，也对文本内在的美学元素进行传递有着深远的意义。本文拟从语言形式之美和文学意义之美两个方面来探讨阐释学与作品审美结构之间的关系，探讨了词句和篇章层面上的美学再现、译者的叙事口吻以及作品情感的再现，通过解读《洛丽塔》中的审美因素和情感意象来揭示文学翻译中美学因素的再现过程。

二、翻译研究中的阐释学

阐释学的本质就是进行解释以达成一种新的理解。伽达默尔哲学阐释学的三大原则包括理解的历时性、效果历史和视域融合，其中视域融合是其核心，它要求译者在翻译时结合自身的感受和当时的社会情境与原文本的视域进行结合。阐释学派另一代表人物斯坦纳（George Steiner）认为语言的产生和理解的过程实际上是一个翻译的过程，他提出翻译模式的四个步骤：信赖、侵入、吸收和补偿。

（一）视域融合

海德格尔认为，一切解释都源于一种先前的理解，而解释的目的是达到一种新的理解，使其成为进一步理解的基础。简言之，阐释学就是"进行解释"，并在理解的同时体会（作为本体的）过去。伽达默尔认为"任何解释都是基于现在和未来对过去的理解。理解文本是个创造过程，是作者和读者对文本意义共同建造的过程"（Gadamer，2004：57），并提出了哲学阐释学的三大原则：理解的历时性、效果历史和视域融合。三大原则相互渗透，而视域融合则是其核心，"翻译作为一个解释过程，其实质就是一个视域融合过程"。（Gadamer，2004：57）因为理解以历史性的方式存在，所以"由于这种历史性使得理解的客体（原作者）和理解的主体（译者）都具有各自的处于历史演变中的'视域'。"（谢天振，2000：462）"视域融合"是指解释者在进行阐释时，都是带着自己的主观想法从当下情景出发，去和文本的"视域"接触，去把握文本所揭示的内涵，从而产生了解释者的视域、文本的视域和当下情景视域的融合现象。视域融合分为两个层次，首先是译者视域与原文本视域的融合，然后是目的语读者公共视域的融合。

（二）阐释学视角下的翻译模式

斯坦纳翻译理论的核心思想是：语言的产生和理解的过程实际上是一个解释的过程。在其专著《通天塔之后：语言与翻译面面观》中系统地提出了"理解即翻译"（Steiner，1992：538）的观点。他将"阐释的运作"即翻译的过程，分为四个步骤：信赖（trust）即译者对原文所表达内容的肯定；侵入（aggression）即在理解原文的同时所发生的两种语言和文化之间的冲突；吸收（import）即原文的内容和形式不同程度地被吸收和移植到译文中；补偿（compensation）即恢复在翻译过程中所出现的不平衡现象，达到原文与译文的意义对等。

三、阐释学与文学翻译中的审美再现

阐释学与翻译研究之间有着密切的关系，阐释学的任务就是理解，理解的对象包括文化现象、思维模式、篇章甚至句子和词汇。阐释学认为翻译不仅仅是文本的字面翻译，更是当时的社会背景、作者的心境和意图以及整部作品文学审美的再现，因此阐释学在文学翻译的审美再现中有着广泛的应用。文学翻译的过程从本质上来讲就是一个审美的过程，其实质就是用另一种语言把原作的艺术意境传达出来，使读者在读译文的时候能够像读原作一样得到启发、感动和美的感受。文学作品本身注重文采、注重以情动人，因此在文学作品翻译中，译者在把一种语言转化成另一种语言的同时要再现原作的美学效果。

俄裔美籍作家纳博科夫（Vladimir Nabokov）的代表作《Lolita》以风格独特、文字唯美而著称。于晓丹的汉译本《洛丽塔》秉承了原作的唯美文字，再现了原作的意境和情感细节，解释并传达了原作的内在含义。在译文中阐释达意与美学因素并行不悖，实现了阐释学与美学的融合，下面我们结合例子来观察译本中审美因素的再现。

（一）语言形式之美的再现

1. 词句层面的审美再现

作家或翻译家所要做的是在语言这个大自然里选择他所需要的词语和表达方式，科学地将这些词语和表达方式组织起来，写成一篇文章。因为这篇文章是一件艺术品，因而是美的。因此，翻译时所选择的词句是否适宜、恰当，句子的长短，应该与原文的语境和所表达的情感相吻合。

例1：LOLITA, light of my life, fire of my loins. My sin, my soul. Lo-lee-ta: the tip of the tongue taking a trip of three steps down the palate to tap, at three, on the teeth. Lo. Lee. Ta.（Nabokov, 1997：9）

（译文）洛丽塔，我生命之光，我欲念之火。我的罪恶，我的灵魂。洛—丽—塔：舌尖向上，分三步，从上颚往下轻轻落在牙齿上。洛。丽。塔。

此例中译文的遣词造句大致与原文相符：light of my life"我生命之光"，fire of my loins"我欲念之火"，这里"欲念"一次可谓深入原文细胞之中，既把赤裸裸的欲望表达得淋漓尽致，又把柔情似水的念想融入其中，将主人公亨伯特的细腻情感惟妙惟肖地展现出来。而"从上颚往下轻轻落在牙齿上"译者主观加上"轻轻地"一词，表现了亨伯特的用情之深：即使在朗读情人名字之时也怀揣着柔情。伽达默尔的视域融合观要求解释者在进行阐释时，带着自身的主观想法从当前情景出发，去和文本的"视域"接触，这里"欲念"与"轻轻地"便体现了译者的主观能动性在译文中的发挥。

2. 篇章层面的审美再现

众所周知，汉语和英语在表达习惯和应用规范上有不同的标准，因此将译文作为一个独立文本加以审视，审视其整体效果——看其内容是否与原文相符，看其叙事语气与行文风格是否与原文一致。为达到整体效果的平衡，对译文应进行相应的变通。

例 2：APROPOS：I have often wondered what became of those nymphets later？ In this wrought-iron world of criss-cross cause and effect, could it be that the hidden throb I stole from them did not affect their future？ I had possessed her – and she never knew it. All right. But could it not tell some time later？ Had I not somehow tampered with her fate by involving her image in my voluptas？ Oh, it was, and remains, a source of great and terrible wonder.((Nabokov, 1997：21)

（译文）一个想法：我经常想这些小仙女长大后会变成什么样？在这个因果交错的世界里，我从她们身上偷走的隐秘的悸动能丝毫不影响她们的未来吗？我已经占有了她——而她丝毫不知道。但未来的某一时候能不被发现吗？无论怎样，难道没有因为在我自己的感官享乐中卷入了她的形象而毁了她的命运吗？噢，它过去是，而且依然是那个可怖疑虑的根源。

从结构上来看，这段文字承接上文并引出下文；从内容上来看，这段文字兼容了宏大与细腻之美。首先，整段文字基本由问句组成，呈现出亨伯特内心的挣扎与纠结；其次 wrought-iron 与 criss-cross 这两个词的运用充分展示了原作者的文字功底：相同的结构，并且相互呼应。再看译文 wrought-iron 与 criss-cross 与它们所修饰的成分一起被译为"因果交错的世界"，虽简洁且达意，但并未将原文用词的味道翻译出来，这就体现了斯坦纳翻译理论四个步骤中的"侵入"也就是理解原文的同时所发生的两种语言和文化之间的冲突,这也就决定了有时在译作中一些原汁原味的成分不能完全呈现。而"Had I not somehow tampered with her fate by involving her image in my voluptas?"翻译成"无论怎样,难道没有因为在我自己的感官享乐中卷入了她的形象而毁了她的命运吗?"加了原作中没有的"无论怎样"和"难道"就通过连接词将汉语中不那么明显的层次划分清晰,恢复了原作与译作中的不平衡现象,使两者意义对等。

(二)文学意义之美的再现

1. 叙事口吻的再现

"文学中的口吻是指作者对其所谈论的主题,所描述的对象或者本人自己所表现出的态度。它是作品的情感色调,或情感意义,是构成作品整体意义尤为重要的一部分。"(Perrone, 1965:135)不同于诗歌和散文,小说的叙事口吻通常情况下一目了然,作者在叙述过程中的口吻决定了整部作品的氛围。作者对他所叙述的这件事情到底是热情澎湃还是情感淡泊,这件事到底是令人欣喜还是使人忧伤,都展现在他所用词语,组织句法的不同上。《洛丽塔》是在狱中服刑的亨伯特·亨伯特,用最后几十天时间所撰写的回忆录,回忆了他与少年情人洛丽塔的点点滴滴,整部作品被渲染在唯美的氛围之下,而亨伯特也是平铺直叙,娓娓道来。从他的叙事口吻中可以感觉到他对这段回忆淡淡的忧伤和炽热的情感,而平静的态度又道出了他对这段情感的释怀。于晓丹的译文把握了原作者的叙事视角和速度进程,通过重构句式和精心选词等再现了作品的整体基调。

例3:But that mimosa grove – the haze of stars, the tingle, the flame, the honeydew, and the ache remained with me, and that little girl with her seaside limbs and the ardent tongue haunted me ever since – until at last, twenty-four years later, I broke her spell by incarnating her in another.(Nabokov, 1997:15)

第九章　从阐释学的视角看文学翻译中的审美再现：以《洛丽塔》的汉译为例

（译文）但那篇含羞草丛——朦胧的星光、声响、情焰、甘露，以及痛楚都长驻在我心头，那位拥有海滩日晒过的四肢和火热舌头的小女孩，从此便令我魂牵梦萦——直到，二十四年之后，我将她化身在另一个人身上，才破除了她的魔力。

这段文字描述童年时期，与亨伯特青梅竹马的小姑娘安娜贝尔在亨伯特的记忆中萦绕的印象。原文依旧延续了这部小说的总体特色：用 the haze of stars, the tingle, the flame, the honeydew, and the ache 这五个词来形容 mimosa grove，也表现了安娜贝尔在亨伯特脑中多彩的形象。译文用"魂牵梦萦"来解释"haunted me"不仅描述了原文中紧紧跟随的感觉，而且还带有某种朦胧的意识，更加符合中国人的审美特点。最后一句 I broke her spell by incarnating her in another，"我将她化身在另一个人身上，才破除了她的魔力"译文打破了原文的句式，进行重组。阐释学认为"翻译即解释"，阐释就是进行解释，同时体会作为本体的过去，这段文字中译者的叙事口吻符合原作，在叙事进程上也深谙原文，娓娓而谈，解释了安娜贝尔留在亨伯特脑中的唯美爱情，以及至此对他一生的影响。

2. 作品情感的再现

文学翻译与其他应用文翻译的不同不仅在于语言，还在于情感的流露。译者必须做到身临其境，切身体会原作者的所思所想，并把译文看作独立的文本。茅盾曾指出："要翻译一部作品，必须了解作者的思想；还不够，更需真能领会到原作艺术上的美妙；还不够，更需自己走入原作中，与书中人物一同哭，一同笑。"（陈福康，1996：248）这一要求与斯坦纳的翻译模型不谋而合：首先便是信任，对原作描写对象有充分的认识，并肯定他的创作，深入到原作品之中，这是理解并能够转达的前提。通过研读《洛丽塔》的汉译本，我们可以体会到译者的情感深入其中，原作者的情感及所表达的意境不同程度上得以吸收并且得到补偿。《洛丽塔》是一部悲剧，至小说结尾读者所体会到的是痛楚，是永恒却不被祝福的爱情。

例 4：I am thinking the aurochs and angels, the secret of durable pigments, prophetic sonnets, the refuge of art. And this is the only immortality you and I may share, my Lolita.（Nabokov, 1997：307）

（译文）我正在想欧洲的野牛和天使，在想颜料持久的秘密，预言家的十四行诗，艺术的避难所。这便是你与我能共享的唯一的永恒，我的洛丽塔。

最后一句可谓诠释了小说的悲剧，亨伯特所想的这几个事物也代表了他们之间爱情的特质：如野牛般张狂，如天使般纯洁，如颜料般持久，如诗歌般唯美，也如先行的艺术一样还未被大众所接受。译文"这便是你与我能共享的唯一的永恒，我的洛丽塔"使小说的悲剧色彩跃然于纸上，语式柔和但意思坚定，实现了先是译者视域与原文本视域的融合，最终达到了译语读者公共视域的融合。

四、结语

文学翻译不仅是从一种语言转换到另一种语言，更是作者情感的迁移，因此要求译者用目标语来解释原作的情感。视域融合理论要求译者从当下的情景出发，结合自身感触与原文本的视域接触，去解释文本的内在含义。阐释学翻译模式中的四个步骤要求两种语言接触和融合才能产生真正的理解和翻译。对文学作品的翻译更是如此，文学作品的翻译要求译者必须置身于原作之中，理解文本内涵，然后进行解释。本文解读了文学翻译中的美学因素及其再现，认为译者的注意力不能仅仅局限于语言形式的层面，还要从宏观上把握作品结构，从微观上深究作者的思想情感并发掘作品的文学含义。

» 本章参考文献

[1] 夏镇平，宋建平（译）.Gadamer, Hans-Georg. Philosophical Hermeneutics [M]. 哲学阐释学. 上海：上海译文出版社，2004.

[2] Nabokov, Vladimir. Lolita [M]. London: Penguin Books, 1997.

[3] 洛丽塔. 于晓丹（译）.Nabokov, Vladimir. Lolita [M]. 南京：译林出版社，2005.

[4] perrone, Laurence. Sound and Sense [M]. Massachusetts: Academic Press, 1965.

[5] Steiner, George. After Babel: Aspects of Language and Translation [M]. Oxford: Oxford University Press, 1992.

[6] 陈福康. 中国译学理论史稿 [M]. 上海：上海外语教育出版社，1996.

[7] 谢天振. 翻译的理论建构与文化透视 [M]. 上海：上海外语教育出版社，2000.

第十章 接受美学视角下的文学翻译：以《老人与海》的汉译为例

一、引言

接受美学（Reception Aesthetics）是主张以读者为中心的文学理论，认为读者是文本意义的创造者，只有经过读者的阅读，文学作品才能称之为真正意义上的作品。虽然起源于文学研究，但接受美学也为文学翻译提供了全新的视角和研究方法。译者不仅是文学原著的阅读体验者，同时也是其诠释传达者，因而译者在翻译活动中必须考虑到译文读者的期待视野和审美需求，体现对译文读者的接受关照。本文拟从接受美学的视角探讨文学翻译，以张爱玲翻译的《老人与海》为例，运用期待视野和读者接受的理论来分析译者对原著风格的把握。

二、接受美学

接受美学是20世纪60年代由德国康士坦茨学派的姚斯（Hans Robert juss）和伊瑟尔（Wolfgang user）首创的文学理论，反对传统的以作家、作品为中心，是主张以读者为中心的文学研究方法。"文学文本只有通过阅读实践其意义和重要性才显示出来。文学之所以成为文学，读者的重要性不亚于作者。"（Eagleton，1985：75）读者是文本意义的创造者，只有经过读者的阅读，文学作品才能由文本成为真正意义上的作品。读者对作品的意义起着决定性的作用，一部文学作品即使印成书，在没有读者阅读之前，也只是半成品。

起源于文学研究的接受美学理论，为文学翻译提供了全新的视角和研究方法。翻译是一种跨文化活动，文学翻译更是作者、文本、译者、译作和读者在特定文化环境下相互影响、共同作用的动态过程。文学翻译不仅要求译者能重新叙述故事，同时也要求译者能重现原著的风格、基调和情感。译者本身也是读者，翻译的过程就是译者依照自己的理解阐释原著的过程。然而译者又不同于普通的原著读者，因为译者必须面对两次接受活动的影响。首先是作为原著阅读体验者——译者本身对原著的接受活动；其次是作为原著传达者所必须考虑的译文读者的期待视野和审美需求——译文读者的接受活动，这就是接受美学的翻译观。

（一）期待视野

接受美学的一条重要原则是"期待视野"，即"读者接受活动开始前就存在的某种独特的意象，是对作品向纵深发展的理解和期待。"（赵秀明等，2010：160）这一概念最早由姚斯提出，他认为作品的意义是在读者的理解过程中被逐渐发掘出来的。接受美学理论认为读者会以怎样的期待水平去理解和鉴赏文学作品十分重要，因而译者必须考虑到读者的期待视野，关注译本内容是否能够被译文读者所理解和接受。期待视野是读者阅读作品之前就已经存在的某种概念或者意向，这种"先见"会影响读者对作品的内容和形式的欣赏程度以及阅读的侧重点，同时也在很大程度上决定了读者对作品的态度和评价，因而译者在翻译过程中必须充分考虑到译文读者的期待视野。

（二）空白和未定性

接受美学认为，作品的意义是由读者自身从阅读文本的过程中发掘出来的，因而当作品未经阅读时，包含着许多意义"空白"和"未定性"。这些"空白"和"未定性"需要读者在阅读过程中通过自己的理解和想象加以补充。阅读过程实则是填补"空白"，使"未定性"加以确定，使作品意义充实完备的过程。文学作品中的"空白"和"未定性"因素在召唤读者"调动自身的种种内在储备对文本进行再创造"，（Jauss，1987：94）为读者参与、理解和阐释文本所叙述的事件提供自由。译者作为读者对原著进行解读的过程中，会不自觉地将对其中的"空白"和"未定点"进行填补和说明。但译者不宜将自己的理解过多的表现在译文中，而应给译文读者留下可以驰骋的想象空间。

三、接受美学关照下的文学翻译：《老人与海》汉译的个案研究

《老人与海》是海明威最具代表性的作品，因这部作品而获得诺贝尔文学奖，并奠定了他在世界文坛的杰出地位。这样一部充分体现了海明威"硬汉"风格的语言精练的作品目前已有 20 多个中文译本，如为人熟知的海观和吴劳的译本，然而最早的汉译本实际上是由张爱玲所翻译的。张爱玲是 20 世纪最著名的作家之一，在中国现代文学史上占有重要地位。她也从事过很多翻译活动，近年来越来越多的学者开始关注张爱玲的译者身份。

张爱玲对读者的"中心"地位有非常理性和辨证的认识，一方面充分考虑读者的期待视野，关心读者的阅读需求，另一方面，却也不完全迎合读者的口味。从张爱玲的译序中可以看出，她读出了原作字里行间透露出来的悲哀，并深切体会到了生命的辛酸。而她的译本也很好地展现出了这种无奈的辛酸和绝望。同时也可以看出，张爱玲在翻译时将读者置于非常重要的地位。张爱玲的译文不惜在原作内容或结构上进行一些调整以使译文更加流畅，更符合汉语习惯；但是为再现原著"文字的迷人的韵节"，译文中也有很多欧化现象。

（一）对原著中异质文化的处理

翻译是一种跨文化的活动，是不同文化之间的交流和对话，因而难免涉及文化碰撞和冲突，如对同一事物或者形象的不同理解和概念，又如宗教观念等。张爱玲出于对译文读者期待视野的考虑，对于原文的异质文化成分，在一些不重要的细节内容上根据实际情况进行有针对性的改写，如省去不适应汉语文化的内容、增加有助于读者理解的内容等。例如：

The dolphin was cold and a leprous gray-white now in the starlight and the old man skinned one side of him while he held his right foot on the fish's head.（P68）

【张译】那鲯鳅是冷的，现在在星光下看来是一种鳞状的灰白色，老人把它身体的一边剥了皮，右脚踏在鱼头上。（P33）

【吴译】鲯鳅是冰冷的,这时在星光里显得像麻风病患者般灰白,老人用右脚踩住鱼头,剥下鱼身上一边的皮。(P63)

对于"leprous"一词,吴劳保留了字面意思"麻风病",而张爱玲只取其"鳞状"之形象。看似吴劳译本更忠实原句意思,但"麻风病患者般灰白"却给人以一种不好的印象。"麻风病"是对人体生理、心理均有极大伤害的病,如按原文字面译出必然会导致译文读者产生不必要的联想,有损老人眼中海豚的形象。实际上,"leprous"本就有"鳞形"这一层引申义,从这里的语境来看,作者用"leprous"一词也只是取其形色。张爱玲在此处省去会让译文读者感到不舒服的内容,主要是基于对原文基调的整体把握以及对读者期待视野的考虑。

对于有助于译文读者理解的内容,张爱玲则会进行一定的增补。例如:

Then, on his back, with his tail lashing and his jaws clicking, the shark plowed over the water as a speed boat does.(P91)

【张译】然后,它朝天躺着,尾巴鞭打着,嘴噶塔噶塔响着,那鲨鱼就像拖着个犁耙耕田似地,把那水滚滚地拨翻开来,如同一只小汽艇一样。(P43)

【吴译】它这时肚皮朝上,尾巴扑打着,两腭嘎吱作响,像一条快艇般地划破水面。(P83)

"plow"本是"犁地"之意,由于船划开水的动作与犁划开两边土的动作相似,因此引申开来可以表示"破浪前进"。吴劳直接用其引申义,但对于20世纪50年代的中国读者而言,"快艇"的形象显然不能引起足够的画面感,反而会让读者有点摸不着头脑。译文不应让读者付出"不必要的处理努力"(Butt, 2000:148),但是如果读者收获他们多付出的努力,那么这种努力就是值得的。张爱玲在交代出其引申义的情况下,增加了"犁耙耕田"的比喻,这样原文的语言形式与文化信息都没丢失,对于中国读者来说也更容易理解。

(二)对原著情感的揣摩

张爱玲的译文处处渗透着她基于对原作理解的情感介入,其译文不仅是对原作字面意思的理解与传达,文字的取舍更体现出她对原作作品中人物的情感以及人物间情感的体察和共鸣。译者对原作情感的细微捕捉其前提是译者对原文深切的理解。译者张爱玲同时也是原著的读者,她迫切希望译文读者能够体会到原著的情感,因而不自觉地将自己的理解注入译文中,填补了一些原著的"空白"和"未定性"。

1. 对人物的理解

海明威的作品一向以风格简练著称,《老人与海》的故事很简单,语言也极其简练。对主人公老人形象比较细致的描写,小说中共出现过两次。一次是在小说一开头,对老人形象的交代;一次是通过孩子的视角,刻画孩子眼中老人的形象。下面是小说开头对老人的第一次形象描写:

The brown blotches of the benevolent skin cancer the sun brings from its reflection on the tropic sea were on his cheeks.(P1-P2)

【张译】面颊上生着棕色的肿起的一块块,那是热带的海上反映的阳光晒出来的一种无害的瘤。(P2)

【吴译】腮帮上有些褐斑,那是太阳在热带海面上的反光所造成的良性皮肤癌变。褐斑从他脸的两侧一直蔓延下去。(P1)

吴译中"褐斑""良性皮肤癌变"这样的说法容易在读者心中唤起不美好的联想;"棕色的肿起的一块块"虽然有悖于原著用词简练的风格,也未能表达出原文的全部意思,但在画面感上已经足够了。"一种无害的瘤"简单直观,并且不容易引起读者不好的联想。

在翻译活动中,译者预期的读者期待视野会对其翻译过程产生影响。译者对一些词句字面上的"背叛"并不是不尊重原著,而是为了使该作品在新的接受语境中所遭受的文化折扣降到最低。

2. 对人物之间关系的揣摩

《老人与海》的故事情节并不复杂,人物也不多,主要人物除了老人之外,便是孩子以及老人在大海中与之搏斗了很多天的大鱼。孩子虽然只出现在小说的开头和结尾,但是老人出海的大部分时间里,总是提到孩子。孩子不仅是他的朋友,更是他的希望和慰藉。作为读者的张爱玲对此有深刻的体会,希望能通过自己的译笔表现出原著的这种情感,让译文读者能有所共鸣。其译文也因此渗透着对老人与孩子之间情感的

细腻体察,这些在人称翻译以及细节用词的处理上都不难发现。例如对于原文中出现频率很高的"old man"的翻译:

He was an old man... the boy's parents had told him that the old man was now definitely and finally sala...It made the boy sad to see the old man come in each day with his skiff empty......(P1)

【张译】他是一个老头子……那男孩的父亲就告诉他说这老头子确实一定是晦气星……孩子看见那老人每天驾着空船回来……(P1)

【吴译】他是个……老人……孩子的父母对他说,老人如今准是十足地"倒了血霉"……孩子看见老人每天回来时船总是空的……(P1)

张的译文可以明显感觉出视角的变化。首先站在读者的角度,看见一个一把年纪的陌生老者,称作"老头子"再自然不过,"老人"则含有一些尊敬和亲昵在其中;站在孩子父母的角度,因为不希望自己的孩子再跟他在一起,用"这老头子"体现出了孩子父母一些隐约的不快;孩子看见"老人"则很清晰地表现出了二者之间的关系,也为后文交代老人与孩子之间的忘年交埋下伏笔。

(三)对原著风格的把握

张爱玲在翻译中对于词语和句式的选择,都很好地体现了译者为保持原著风格所做的努力。张的译文中细腻简洁的用词,流畅的句式,对原作语言特征进行了很好的再现。适当的修改也使得译文更符合汉语读者的习惯,使原著的魅力在译后不致有太多的损减。

1.用词的风格

张爱玲作为作家所拥有的深厚的语言功底和丰富细腻的用词充分把握和再现了海明威的用词风格。例如下面这段有关景色的描写:

He could not see the green of the shore now but only the tops of the blue hills that showed white as though they were snow—capped and the clouds that looked like high snow mountains above them. The sea was very dark and the light made prisms in the water. The myriad flecks of the plankton were annulled now by the high sun...(P31)

【张译】他现在看不见岸上的绿色了,只有那青山的顶,望过去是白的，就像上面有积雪，还有那些云，看着像山背后另有崇高的雪山。海水非常深暗，日光在水中映出七彩的倒影。太阳高了，海藻的亿万细点现在完全消灭了……（P17）

【吴译】他眼下已看不见海岸的那一道绿色了，只看得见那些青山的仿佛积着白雪的山峰，以及山峰上空像是高耸的雪山般的云块。海水颜色深极了，阳光在海水中幻成彩虹七色。那数不清的斑斑点点浮游生物，由于此刻太阳升到了头顶上空，都看不见了……（P30）

张爱玲出色的语言功底使得其译文在画面感和情感上都明显优于吴译本，简练的用词将原文的情感表现得恰到好处。

2. 句式的选择

考虑到汉语读者的阅读心理和欣赏习惯，张爱玲在译文中使用了较多符合汉语句式特征的流水句。例如：

He thought of how some men feared being out of sight of land in a small boat and knew they were right in the months of sudden bad weather.（P51）

【张译】他想，乘着个小船出去，看不见陆地，有些人觉得害怕；在有一种季节里，天气会忽然变坏，这也的确是危险的，他知道。（P26）

原句属于典型的"树形"结构，张爱玲在翻译时以逻辑关系和心理活动为线索，将长句简化成短句，不受原文句法的限制。但张爱玲也并非总是对原文进行"汉化"，总体来说，在其译文中流水句与欧化句并存。例如：

"Make another turn. Just smell them. Aren't they lovely？ Eat them good now and then here is the tuna. Hard and cold and lovely. Don't be shy, fish. Eat them."（P33）

【张译】"再兜一个圈子。你闻闻看。这沙丁鱼可爱不可爱？好好地吃他们吧，不时还可以吃吃那条鲔鱼。硬硬的，冷的，可爱的。鱼，别难为情。吃吧。"（P17）

张爱玲的译文虽然忠实于原著，但由于过度欧化，使得译文读起来颇为生硬。张爱玲显然不是因为语言功底不够而过度拘泥于原文结构。

译序中张爱玲坦言自己希望传达出原著"迷人的韵节",希望读者能够在这些方面有所感知,出于这样的考虑,才会导致译文中不少欧化句式的使用。如今这种汉语表达方式已经不陌生,也正是由于同张爱玲有着同样欧化做法的译者的努力,汉语才不会一直一成不变。译文读者不同于原著读者,其期待视野本就不同,如果过于汉化,则有悖于其读译著的初衷,张爱玲的译文融流水句与欧化句为一体,使读者在流畅阅读的同时感受到原著的语言韵律。

张爱玲对读者的"中心"地位有非常理性和辨证的认识,在翻译中一方面充分考虑读者的期待视野,关心读者的阅读需求,另一方面,却也不完全迎合读者的口味。张爱玲的译文处处渗透着她基于对原作理解的情感介入,其译文不仅是对原作字面意思的理解与传达,文字的取舍更体现出她对原作作品中人物的情感以及人物间情感的体察和共鸣。张爱玲在翻译中对于词语和句式的选择,都很好地体现了译者为保持原著风格所做的努力。张的译文中细腻简洁的用词,流畅的句式,对原作语言特征进行了很好的再现。适当的修改也使得译文更符合汉语读者的习惯,使原著的魅力在译后不致有太多损减。

当然,张爱玲的译文也有很多不足之处。译者张爱玲作为原著的读者,难免不自觉地将自己的理解过多地注入译文中,填补原著的"空白"和"未定性"。例如原文中多次出现的西班牙词语,张爱玲全部直译且不加注释。这一做法虽然保证了译文的通顺流畅,降低了译文读者的理解困难,但却使译文读者无法了解到原文中的这些语言信息,失去了更全面、更准确了解原作中通过外来语词汇变异表现的强烈的情感和异国情调,无法体会原作的意图。

四、结语

本文从接受美学的视角分析了《老人与海》翻译中的特色,运用了接受美学的期待视野来分析译者对原著风格和文化意义的把握,同时运用了文本细读的方法分析了译作对于情感、语言风格和文化方面的发源与策略。研究发现,在与另一译本的对比中,译者张爱玲对于译文读者的期待视野较为关注，但也有很多为保持原著风格而异化较为明显的地方，可以看出，译者在译文中不断地进行归化与异化的策略调和以达到一个完美的平衡点。

» 本章参考文献

[1] Eagleton, T. Literary Theory: An Introduction [M]. Minneapolis: University of Minnesota Press, 1985.

[2] butt, E. A. Translation and Relevance: Cognition and Context [M]. Manchester: St. Jerome, 2000.

[3] Hemingway, E. The Old Man and the Sea [M]. New York: Charles Scribner, 1972.

[4] Jauss, H. R. Toward an Aesthetics of Reception [M]. Minneapolis: University of Minnesota Press, 1987.

[5] 海明威. 老人与海 [M]. 吴劳译. 上海：上海译文出版社，1999.

[6] 海明威. 老人与海 [M]. 张爱玲译. 香港：今日世界出版社，1979.

[7] 赵秀明，赵张进. 文学翻译批评 [M]. 长春：吉林大学出版社，2010.

第十一章 翻译与文化身份的构建：后殖民主义视角下的华裔美国文学

一、引言

美籍华裔作家由于文化背景的特殊性，往往担负着文化译者的职责。他们在写作的过程中不可避免地要把中国文化翻译成英语来介绍给美国的本土读者。这一文化翻译的努力，一方面是为了迎合英语读者的需要，另一方面也是寻求自身的文化独立、争取文化地位的表现。美籍华裔作家在创作过程中遭遇到文化身份的挑战，他们既受到中国传统文化的影响，又不可否认自己是拥有美国国籍的公民，并且一直在努力跻身于美国的主流文化。本文从后殖民主义视角出发，以汤亭亭和谭恩美的小说为例，通过对美籍华裔作家的文学作品中文化翻译现象的挖掘，来探究美籍华裔作家最终的文化身份归属问题。

二、后殖民主义理论

后殖民主义理论是一种多元化理论，"主要研究殖民时期之'后'，宗主国与殖民地之间的文化话语权力关系，以及有关种族主义、文化帝国主义、国家民族文化、文化权力身份等新问题。"[1]该理论萌芽于19世纪后半叶，在1947年印度独立后开始出现一种新意识和新理论。后殖民主义理论以赛义德的《东方主义》出版为理论成熟的标志，继赛义德之后，最重要的代表性学者有斯皮瓦克和霍米·巴巴等。

1. 赛义德的"东方主义"

"东方主义"虚构了一个"东方"，使东方与西方具有本体论上的差异，并使西方得以用新奇和带偏见的眼光去看东方，从而"创造"一种与自己完全不同的民族本质，使之最终能把握"异己者"。[1]赛义德的《东方主义》意在强调文化多元主义，批判西方坚持东方主义的立场，促使民族主义退烧，坚持东西方对话。他指出："在我们这个时代，直接的控制已经基本结束，我们将要看到，帝国主义像过去一样，在具体的政治、意识形态、经济和社会活动中，也在一般的文化领域中继续存在。"[2] 赛义德认为作家身上具有一种渴望揭示作家与其自身世界的诸种力量难以逃逸的网络。他将文本与世界和批评家联系起来，将文学经验与文化政治联系起来，进而强调政治和社会意识与文学研究的关系，推行文化政治批评。

2. 斯皮瓦克的"翻译的政治"

斯皮瓦克将女权主义运动引入到后殖民主义的翻译活动中。她从女性主义的角度介入对后殖民主义翻译问题的探讨，批评了西方国家翻译第三世界国家的文学时所采取的流畅译法，认为在大规模的从第三世界语言译成英语的翻译中，被应用的是强权法则而不是民主法则。所有的第三世界的作品在译成英语时都成了不地道的翻译文本，虽然流畅易解，展现了那些作品的现实性，但却缺少了文化、语言、地域色彩等第三世界所特有的标志性特质。她严厉地批评那些西方女权主义批评家——她们主张欧洲之外的女权主义文本都应该译成强权者的语言"英文"。她指出，这样一种翻译时常都被一种"翻译腔"所表述，它会贬抑那些富于政治色彩但却较少拥有权力的个人或文化的身份认同。她提出后殖民主义聚焦翻译与殖民化之间的粘连问题，即翻译在殖民化过程中以及在"播撒"殖民地人们的意识形态化建构的形象方面起着十分巨大的作用。

3. 霍米·巴巴的"第三空间"理论

著名殖民学者霍米·巴巴将巴赫金的"杂合"概念引入后殖民研究。他反对传统理论范式中僵化的二元对立的方法论，认为异域文化的"他性"与本土文化的"同性"两极之间存在着一个"第三空间"。双方正是在这个"第三空间"中互相交流，进行"谈判和翻译"的。"理解的契约从来就不是在陈述中被指定的你我之间的一个简单的交际行为。意义的产生需要动员两者通过一个'第三空间'，只有在这个空间里，话语的意义和文化的差异才能得到应有的阐释"。霍米·巴巴文化差异概念的提出对于后殖民理论跟翻译研究的结合起到了推动作用。他认为第三空间"既非这个也非那个（我者或他者），而是之外的某物"，他通过揭示穿越种族差异、阶级差异、性别差异和传统差异的文化认同的"阈限"协商处理冲突的文化差异中的"居间"范畴。在这个空间里，如果两种文化处理得当，抛去双方不平等的权力地位的影响，可以达到矛盾冲突的理想化解，最终混杂产生一个和谐、统一、公平的"他者"。[3]

三、华裔美国文学中翻译与文化身份的构建

华裔美国文学作品中的翻译现象比比皆是，美籍华裔作家通过对文化现象的翻译和改写，试图打破殖民者眼中对中国人的刻板印象，以发出本民族自己的声音，努力寻求文化身份的重新建构。

1."东方主义"阴影下的刻板印象

在东方主义话语中，东方总是作为一个与西方相对立的"他者"形象出现。在东方学者的笔下，东方社会成为"野蛮、落后、专制、腐败"的代名词，有待于欧洲文明去拯救；东方人也就变成卑琐、懦弱、狡诈、荒淫、纵欲、缺乏理性和有待于教化的族类，欧洲的权威和欧洲人的正面形象由此而建立和凸现出来。

美籍华裔作家在创作过程中担负了文化译者的职责。在这些美籍华裔作家出现之前，美国主流文化中对中国形象的表述大致可以分为两类：美国传教士对中国社会、文化的研究和白人作家对中国人和本土中国移民的描写。前一类作品以明恩溥（Arthur H. Smith）的《中国人的气质》一书为代表。该书将中国人的民族特征归纳为注重"面子"、没有时间观念、不重精确、智力混沌、麻木不仁、缺乏公共精神、守旧、缺少同情心、互相猜疑、不够诚信等26点。布勒特·哈特（Beet Harte）和杰克·伦敦（Jack London）是在文学领域中对中国人刻板印象塑造做出"特殊贡献"的两位作家。前者在作品中塑造出"阿新"（Ah Sin）这这一内心险恶、诡计多端的角色，被认为是当时华工的形象代表。杰克·伦敦被称作"美国无产阶级文学之父"，在我国也享有很高

的声誉，然而他在描述中国人形象时，却带有强烈的偏见和歧视。他在几部相关作品中从各个侧面刻画了中国人的丑陋形象，如懦弱、麻木、凶残、狡猾等等。

美国主流文化中对中国人形象的刻意扭曲，是"东方主义"中西方对东方的一种文化上的殖民。殖民者一方面通过与被表述为"落后的、堕落的""他者"相比较而强化了对自身优越性的认知，另一方面则认为"他者"与"自我"之间有潜在的对抗性，因此怀有焦虑与戒备的心理，同时将改造这些"他者"视为自己的"教化使命"或是"白人的责任"[4]，从而为自己的殖民征服及统治找到了貌似正当的理由。

2.属下发声的努力

"属下"是后殖民理论中的一个重要议题，意为"低下等级"，本是葛兰西用来指称那些受统治阶级霸权控制的社会团体的。斯皮瓦克从结构主义的立场出发阐发了这一概念，将其扩展到包括被殖民女性在内，讨论了在殖民霸权话语的绝对权力之下，"属下"是怎样变成了沉默喑哑的"他者"，并得出结论说"属下不能说话"。殖民者篡夺了属下发声的权力，"主动"地代属下说话。

在美国华裔的历史中，中国就一度处于这样一个无法发出自身声音的属下地位。美籍华裔作家借民权运动的东风，夺回发言权，试图通过"重新翻译"的方式来抹去"属下"的殖民化色彩，重塑中国的文化身份。细读汤亭亭和谭恩美文化翻译的文本，我们可以发现她们做出的一系列争取属下发声的努力。她们将翻译作为一种了解殖民的手段，抵制霸权文化价值观的渗透。如谭恩美在《灶神之妻》中讲述了主人公姜薇莉回忆童年时在上海附近崇明岛的叔叔家生活时的一段往事。当时上海的十里洋场是帝国主义列强在中国推行殖民统治的一个据点，中西文化在此产生碰撞及交融。姜薇莉的叔叔就是一个深受"西化"意识形态影响的人物。他对西方文化盲目崇拜，对西方的生活方式更是亦步亦趋地模仿。他培养了一系列的"hobby"，如在温室中种植名贵花木、赛狗、打猎、抽烟斗、买一些自己从来都不读的英文书。谭恩美指出"hobby"一词在中国文化中的不可译性，并点明这种不可译性产生的原因在于汉语里没有对应词语可以用来指代这类仅仅是为了浪费时间、浪费金钱而做的事情。这样一方面给"hobby"一词定性，使其染上了贬义的色彩，从而也在一定程度上贬低了它所代表的文化价值观念。另一方面，如果说汉语中不存在与"hobby"语义对等的词语的话，那么这也就暗示着中国人从不做这种看不出有何实用价值而纯属浪费之事，从而在某种意义上树立了中国人讲求实际、勤俭节约的正面形象。

人名是一种文化现象，不同的文化有不同命名方式，一个人的名字往往是其文化身份的表征符号。张爱玲在其作品《海上花》中将赵朴斋起名为Simplicity，洪善卿起名为Benevolence，认为这样起名容易让英语读者接受。美籍华裔学者林英敏（Amy Ling）就反对这种译法，认为这样做"使中国人显得奇妙天真，其口味是异国情调的、媚人的、爱空想的。"[5]意译汉语人名之所以能得到英语读者的接受，是因为这种翻译与西方读者心目中中国人的刻板印象相契合，迎合了他们对中国的"东方主义"下的想象。汤亭亭在她的作品《孙行者》中也提出了类似的看法。起初汤亭亭用音译的方法来翻译男性的名字，女性的名字则用意译法来翻译，但作者后来提议把女性名字以音译法来重新译过。汤亭亭所采取的正是尼兰贾娜所倡导的"重新翻译"，即"将被殖民文化的文本以全然不同于从前充当殖民主义辅助工具的翻译方法的方式来重新翻译一遍，以此来促进解殖民运动的发展。"[6]汤亭亭借助人名翻译方法的改变来重写中国人（尤其是中国女性）受歧视、遭凌辱的历史，对中国女性的文化身份从后殖民的视角来进行重塑。

3. 杂合身份的塑造

美国华裔受到中国传统的家庭文化影响深远，所在的生活环境潜移默化地向其灌输了中国的文化传统。然而，在他们的成长过程中，美国强大的意识形态国家机器又使他们与美国主流文化产生强烈的认同感。中美文化的差异产生了一个中间地带，在这个中间地带，相异的两种文化相互作用、相互影响，处于一个无休止的协商过程之中。而这一文化协商的归宿就是霍米·巴巴指出的处于文化接触地带而又超越文化差异的"第三空间"，它将弥合文化主体的分裂，消解文化差异产生的混乱和无序,让主体真正开始言说。

美国华裔学者王灵智(Ling-chi Wang)指出,"华裔美国人的身份既不是从美国,也不是从中国转换而来,而是植根于华裔美国经验的一种新的身份。"[7]而所谓的"华裔美国经验"其实就是一种新的杂合性文化——"第三文化"。霍米·巴巴对杂合的文化身份给予了积极的肯定:"杂合是通过歧视性身份效应的重复来重新评估对殖民者身份的假定。它展示了对所有歧视和统治场所的必要的扭曲和置换。它瓦解了殖民权力的模仿或自恋的需求,再次与颠覆策略相结合,将被歧视者的凝视转向权力之眼。"[4]语言不仅仅是交流的工具,也是文化身份的重要标志。美国华裔要塑造一种具有相对独立性的新的身份,首先就要创造一种新的语言。汤亭亭和谭恩美运用语码转换、新造词语、模仿汉语节奏等策略,创造出美籍华裔作家特有的语言风格,以区别于作为"压迫者的语言"的标准英语。

神话对于一个民族的文化身份起着不可忽视的建构作用。美国主流文化中虽然并不缺乏神话的存在,但他们的神话是白人的神话,其中找不到华裔的身影。与此同时,美国内部文化殖民主义的熔炉政策对华裔历史文化的打压与同化则造成了美国社会中华裔神话范式的缺失,逐渐使华裔成为"一个没有历史、没有英雄、没有神话的族群。"[8]美籍华裔作家在文本中所翻译的"中国神话"不仅包括中国传统的神话传说与民间故事,还喻指中国历史上的文史典籍和文学经典。此外,他们的翻译往往偏离了这些神话的本来面貌,成为对"原文"的"改编"与"重写"。美籍华裔作家对中国神话的翻译改写是其身份政治意识形态的表现,意在重构历史,建立起想象的社群,在帝国主义的文化重压下维系自己的族裔特征,发出与殖民强权相对抗的声音。汤亭亭在《中国佬》中将关公指认为美国华裔的祖先,虽然关公只是一个被神话了的英雄人物,并不曾位列华夏始祖之中,但无论此误译是有心之举还是无意之过,客观上都起到了为美国华裔群体认祖归宗、从中汲取勇气和力量的作用。"祖父"关公的战斗、反抗精神将鼓舞着美国华裔团结一致,与美国社会中的种族歧视、殖民压迫作不懈的斗争。

四、结语

本文以汤亭亭和谭恩美的小说为例,从后殖民主义视角探讨了华裔美国文学中翻译与文化身份的构建之间的关系。"东方主义"话语体系中殖民者歪曲事实,将中国人塑造成与西方人完全对立的"他者"形象。美籍华裔作家作为"属下"不甘民族受辱压迫,发出自己的声音,致力于对刻板印象的破除。受到中国传统文化和美国主流文化的双重影响,身处"第三空间"的美籍华裔作家积极探索自身的文化身份,通过创造独具特色的杂合语言、改写中国神话,来汲取精神力量、致力于了解殖民斗争。

» 本章参考文献

[1] 王岳川. 当代西方最新文论教程 [M]. 上海:复旦大学出版社,2008.

[2] 赛义德,李琨,译. 文化与帝国主义 [M]. 北京:生活·读书·新知三联书店,2003.

[3] 李新云. "第三空间"的构建——论后殖民理论对中国翻译研究的启示 [J]. 广东外语外贸大学学报,2008(6):65–68.

[4] Bhabha, H K. The Location of Culture [M]. London and New York: Routledge, 1994.

[5] Ling, A. Between Worlds: Women Writers of Chinese Ancestry [M]. New York: Paragon Press, 1990.

[6] Robinson, D. Translation and empire: postcolonial theories explained [M]. Beijing: Foreign Language Teaching and Research Press, 2007.

[7] Wang, L. The Structure of Dual Domination: Toward a Paradigm for the Study of the Chinese Diaspora in the United States [J]. American Journal, 1995(2):35–49.

[8] 卫景宜. 西方语境的中国故事 [M]. 杭州:中国美术学院出版社,2002.

下篇

文学语篇的翻译策略

第十二章　从翻译策略看译者的文化立场：以霍译《红楼梦》为例

一、引言

译者的翻译策略以及由此引起的归化（domestication）与异化（foreignization）之争一直是翻译研究所关注的焦点问题。"归化式翻译意在用流畅的语言和传统的情调取悦译文读者，其典型的特征就是大量使用现有的表达方式；而异化式翻译则无视业已存在的表达方式，追求新颖的、具有陌生感的乃至反流畅的语言表达。"[1] 许多学者曾就影响译者制定翻译策略的诸多因素作过探讨，认为这些因素主要包括翻译目的、文本类型、译文读者等。然而，由于"归化和异化之争的靶心是处在意义和形式得失旋涡中的文化身份，文学性乃至话语权力的得失问题"[2]，因此，有必要站在文化立场的高度来重新审视译者翻译策略的选择。本文拟以霍译《红楼梦》为例来探讨隐藏在译者翻译策略背后的文化立场问题。

二、对霍译《红楼梦》翻译策略的分析

中国古典名著《红楼梦》是一部富含中国传统文化内涵的文学作品，有着大量而又独特的文化内容，是西方读者了解中国传统文化的重要途径之一，而他们往往缺少这种原文作者和读者所共享的文化背景知识，造成了"文化空缺"（cultural gap），并给他们的理解带来了一定的困难，因此，如何翻译这些文化内容最能体现出译者在翻译策略上的倾向。翻译中对原文文化内容（尤其是对于那些富有文化蕴涵的词语）的处理一般可分为两类：主要以源语文化为取向的异化策略和主要以目的语文化为取向的归化策略。《红楼梦》迄今为止已有许多不同的英译本，其中两

第十二章 从翻译策略看译者的文化立场：以霍译《红楼梦》为例

个完整的全译本是杨宪益、戴乃迭夫妇合译的 A Dream of Red Mansions 和霍克斯（David Hawkes）、闵福德（John Minford）翁婿合译的 The Story of the Stone（以下分别简称为杨译本和霍译本）。许多学者曾就这两个译本在处理文化内容上所采取的翻译策略作过对比研究，认为杨译本以原文文本为取向（text-oriented）或以出发语为取向（source-oriented），而霍译本则以译文读者为取向（reader-oriented）或以目标语为取向（target-oriented）。下面通过几个例子来观察霍译本是如何处理原文文化内容的。

《红楼梦》中有许多"红"，从书名到内容再到主题，"红"贯穿始终，意义深远。"红"在中国文化中象征着喜庆、吉祥、幸福、繁荣、闺阁等，在现当代文化中还象征着革命和进步。由于同一个事物在不同的文化中可能会具有不同的含义，引起人们不同的联想，"红"在英语国家的文化中更多的是与暴力和流血联系在一起。面对这种文化差异，译者需要在翻译中做出选择：是保留原文的文化特征（异化）还是改变原文的文化特征使之服从译语的文化特征（归化）？霍克斯很清楚地意识到中西方的这种文化差异，并在其译文的序言中指出原文中"红"的意象在他的译文中有所损失，他认为汉语中的"红"大体上相当于英语中的金黄色或绿色，并在很多情况下就用"绿"代替了"红"，于是怡红院就成了 Court of Green Delight，怡红公子就成了 Green Boy。为了适应英美读者的认知模式、审美习惯和审美期待，为了照顾译文的可接受性，霍克斯在很大程度上表现出了对源语文化的偏离与摆脱和对译语文化的迎合与靠拢，于是，曹雪芹在《红楼梦》中所要表达的"为闺阁昭传"这一创作思想和"颂红、怡红、悼红"这一深刻主题被无情地抹杀在霍克斯的译文中。然而，读者阅读翻译过来的外国文学作品，其中一个重要的目的就是了解异域文化、异国风情，满足需求异的心理。因此，文学作品的翻译除了取悦译文读者之外，译者是否还应该忠实地把异域文化介绍给目的语读者并肩负起促进不同文化之间交流的责任呢？

再看一例：

周瑞家的听了笑道："阿弥陀佛，真坑死人的事儿！……"（第七回，第45页）

霍译本：'God bless my soul！' Zhou Rui's wife exclaimed. 'You would certainly need some patience！ ...'[3]

杨译本："Gracious Buddha!" Mrs. Chou chuckled. "How terribly chancy！ ..."[4]

上例中两种译本的差异相当显著。"阿弥陀佛"虽然只是一句简单的口头语，却是中国人常用的感叹词，反映了中国的老百姓受佛教影响至深的社会现实。杨氏夫妇在翻译中忠实于原文，很好地保留了原文的宗教色彩。但是，霍克斯为了便于英语读者理解，不惜对原文做出调整，舍弃了"阿弥陀佛"所包含的文化形象，并将其转换成了英语国家人们常用的具有基督教文化色彩的感叹词，用英语读者喜闻乐见的文化形象替换了原文的文化形象。尽管这种归化的译法增强了译文的可接受性，迎合了译文读者的接受心理，却抹去了文化差异和异国情调，实际上不仅不利于读者理解蕴含于原文中的文化内容，甚至会让英语读者产生误解，认为当时的中国人也信奉基督教。这种用基督教的上帝来取代佛教的"阿弥陀佛"，用西方人的信仰来取代作为中国传统文化重要支柱的佛教，在这样的译文中，中国文化的位置何在？

以两种完全不同的方式来处理原文的文化内容在这两个译本中有很多例子，限于篇幅，不再一一列举。从上述两个例子中可以看出，两个译本的翻译策略倾向还是非常明显的，杨译注重对原文的忠实和有效传达原文的文化内容、价值观念，反映在翻译策略上的异化倾向；而霍译则强调译文应符合译语规范以及译文的可读性、可接受性，表现在归化的翻译策略上。当然，这里的归化和异化所代表的是译者的总体策略倾向而不是绝对的"非此即彼"。那么，杨译本与霍译本在语言特征上的差异以及从中折射出的译者在翻译策略上的归化与异化倾向，根源何在？如果两个译本的译者在英汉语言文化方面都有很深的造诣的话（事实也是如此），那么他们的翻译策略应是一种有意识的选择，并且在一定程度上体现了译者对待源语文化的态度与立场。

司显柱曾指出："当《红楼梦》两个译本于20世纪70年代分别在西方和中国出版时，两个译本的译者所各自代表的母语文化间的地位是不平等的。作为西方文化最重要组成部分的英语国家文化在世界文化体系中处于强势,而中华文化,由于种种复杂的原因,自明末开始,相对于西方文化,已渐显弱势。"[5]因此,两个译本的差异从根源上讲是由文化交流的不平等性造成的。长期以来西方文化对待其他文化,特别是对待前殖民地、半殖民地的弱势文化,常常是一种轻视、排斥的态度,体现在翻译上就是采取归化的策略,对原文内容随意改动,对源语文化极不尊重,抹杀原殖民地、半殖民地的文化,这实际上是一种文化殖民,而在此过程中翻译充当了"帮凶"的角色。因此,针对英美归化翻译的传统,美籍意大利学者韦努蒂(Venuti)率先提出了批评,反对归化式翻译并称这种翻译策略是"文化帝国主义",[1]并从文学、文化和政治的高度极力提倡异化翻译或阻抗式(resistant)翻译,以保留原文的语言文化差异,呼吁不同文化之间应当平等交流。由于译者不可能摆脱自身的处境和本土文化对他的影响与作用,而当所在国及其文化处于强势时,他们在异域文化中寻求的往往是与自身相同的东西,并将异域的一切都纳入自我的意识形态。也就是说,一个国家、民族的文化地位和文化心态影响并制约着译者的文化立场,进而在很大程度上决定了译者对翻译策略的选择。

我们对照《尤利西斯》的两个中译本就可以发现,译者对这部被称为"天书"的难于理解之处做了如此多的注释(金隄的译本有2 000多条注释,萧乾、文洁若夫妇的译本有近6 000条注释),保留了中西文化差异,同时给读者提供了大量的历史文化背景知识,以帮助其理解西方文化。再反观《红楼梦》的霍译本,我们便能很清楚地看出译者对待异域文化的态度,对保留文化差异、促进文化沟通与交流所做出的努力,进而也就更能深刻地理解隐藏在译者翻译策略背后的文化立场问题。

三、翻译策略与译者的文化立场

归化与异化之争,不仅是翻译策略、翻译理论的争论,而且是文化态度、文化立场的争论。所谓"归化"与"异化",实际上是以译者所站的文化立场为基点来加以区分的。[6]译者的文化立场主要体现在其对待本土文化和异域文化的态度上。译者对本土文化的认识与立场、对异域文化的态度及其价值取向是决定其翻译策略的一个最根本的因素。"译者所代表的文化势力如何以及他对这一文化所持的态度怎样都会在译者的不自觉中以这样或那样的方式制约着他的语言选择。"[7]

当本土文化处于强势地位时,往往不大可能接受异域文化中有别于本土文化的价值观念,此时译者通常采取民族中心主义的立场,尽可能地把原文中的文化内容纳入到目的语的文化体系中去,以本土文化固有的价值观念对异域文化进行阐释和改写。特定的文化地位之所以能够影响译者对翻译策略的选择,是因为它让译者意识到了本土文化与异域文化之间的差距,从而赋予他以特定的文化态度和立场。同时,译者对两种文化的主观认定在制定翻译策略时和实际翻译操作过程中也发挥着至关重要的作用,"但这一作用通常发生在译者的下意识,他本人未必对此有清楚的认识。"[7]也就是说,是译者下意识中的价值观念和文化立场在发挥作用。由于英语文化在世界文化格局中的霸主地位,译者(如霍克斯)正是带着这种心理上的文化优越感从事翻译活动的,因此出现了高度归化的译文,以迎合本土文化的主流价值观念。从表面上看,两种译本所反映的只是译者翻译策略的不同,但从根本上讲则是两种文化立场的对立。正是在不同的翻译观和文化立场的指导下,译者采取了不同的翻译策略,产生了风格殊异的译文。

然而,正是不同文化之间的这种差异体现了文化的多姿多彩,显示了不同民族之间相互交流和学习的必要性,因此,在翻译中"灭异求同"的做法不仅是对源语文化的极不尊重,也偏离了翻译的宗旨和意义。在后殖民理论的话语中,这种归化翻译是同帝国主义的征服和殖民相联系的,由于它改写了原文的文化内容与风格,消解了文化差异与异国情调,将本土文化的主流价值观强加于原文,因而是对原文和源语文化的一种民族中心主义的施暴,一种语言殖民和文化殖民,一种帝国主义式的文化掠夺行为。对此译者应该通过翻译活动抵制西方强权国家的文化殖民和文化霸权,抑制这种不平等的文化交流。由于"在影响翻译具体活动的所有因素中,最活跃且起着决定性作用的,是翻译的主体因素"[8],因此,译者作为翻译的主体,在翻译中应该坚持平等的文化立场，充分认识与了解源语文化与目的语文化的差异，并尽可能保留这种文化差异，坚持"求同存异"，如此才能实现吸收源语文化、丰富目的语文化之目的，通过翻译活动来维护文化的多样性。

在世界文化格局中，没有哪个民族的文化地位是一成不变的，因为每一种文化都有盛衰的过程，没有哪一种文化总是处于领先地位的。在如何看待异域文化的问题上，"人们从总体上经历过三个阶段，即文化绝对中心论、文化相对论以及多元文化论。"[9]我们现在正处于第三个阶段，即我们面对的是一个多元文化共存的世界，各民族、国家之间的交往日趋频繁，不同文化的相互渗透与影响越发明显。翻译发挥着不同文化之间交流的中介作用，面对文化差异，译者首先需要解决的问题便是如何对待不同的文化，尤其是怎样看待异域文化。译者对不同文化的立场会直接影响着他在翻译时所采取的策略与方法，并且在一定程度上决定了其译介异域文化的方式。因此，应该正确地看待本土文化与异域文化，充分利用异域文化为本土文化服务，丰富本土文化，促进彼此的交流和文化多元化。

四、翻译与跨文化交流

翻译因语言差异而产生。如果没有语言差异所造成的交流障碍，就不需要进行翻译活动。换言之，正是因为世界上存在着不同的语言，使得操不同语言的人们之间的沟通出现了困难和障碍，才有了翻译的必要性。因此，翻译的作用之一便是克服语言障碍，使操不同语言的人们能够进行思想的沟通与文化的交流。翻译也是因人类相互了解和交流的需要而产生，从这个意义上说，寻求思想沟通、促进文化交流便是翻译的任务之所在。从本质上来讲，翻译不仅仅是两种语言的转换操作，而是借助语言这一载体进行不同文化的沟通与交流。翻译虽然是以不同语言的符号转换为基本形式，但是它所承载的却是不同文化之间的接触、碰撞与交流。因此，应该站在文化交流的高度去认识翻译，将其视为各民族、文化之间相互影响与作用的一种方式，进而通过翻译活动促进不同文化的交流。

翻译活动作为不同民族、文化沟通的主要渠道，在人类历史上发挥了举足轻重的作用，人类的进步历程凝结着各民族的文化成果，离不开不同文化间的联系与交流。当今世界的全球化进程不断加快，各民族之间的跨文化交流日益频繁，翻译作为跨文化交际的一种重要形式，理应在文化沟通与交流中发挥更大的作用。从文化交流的角度来讲，翻译中保留原文的文化差异有利于跨文化交流，改变或抹去原文的文化差异则不利于译语读者了解源语文化，不利于源语文化的传播，也不能满足文化多元化的需求。因此，译者应该摒弃狭隘的民族中心主义立场，以促进文化交流为翻译的根本宗旨和最高准则。

五、结语

本文通过深入分析《红楼梦》的霍译本，挖掘出影响和制约译者翻译策略的深层原因。不同的翻译策略表现在译文中虽然是语言特征上的差异和对原文文化内容的保留与否，而隐藏在其后的则是译者在文化立场上的对立以及源语文化与译语文化的关系和地位。为了适应跨文化交流蓬勃发展的潮流，译者应持平等的文化立场，在翻译过程中采取适当的翻译策略，努力促进不同文化的交流和不同民族的相互理解与沟通。

» 本章参考文献

[1] Venuti, Lawrence. The Translator's Invisibility: A History of Translation [M]. Shanghai: Shanghai Foreign Language Education Press, 2004.

[2] 王东风. 归化与异化：矛与盾的交锋？[J]. 中国翻译，2002（5）：24-26.

[3] Hawkes, David & John, Minford. The Story of the Stone [M]. Harmondsworth: Penguin Books Ltd, 1973, vol.1.

[4] Yang Hsien-yi & Gladys Yang. A Dream of Red Mansions [M]. Beijing: Foreign Languages Press, 1978, vol.1.

[5] 司显柱. 中西翻译观对比研究 [J]. 外语与外语教学，2005（3）：45-48.

[6] 许钧. 翻译论 [M]. 武汉：湖北教育出版社，2003.

[7] 王东风. 翻译文学的文化地位与译者的文化态度 [J]. 中国翻译，2000（4）：2-8.

[8] 许钧. 翻译动机、翻译观念与翻译活动 [J]. 外语研究，2004（1）：51-55.

[9] 姚亮生. 谈文化学的翻译观 [J]. 南京师大学报（社会科学版），1999（2）：101-105.

第十三章 文化视角下概念隐喻的翻译策略：以《红楼梦》中的隐喻翻译为例

一、引言

隐喻不仅是一种语言现象，而且是人类的一种认知思维方式。隐喻是深层的语言认知机制，帮助人们提示自己的感知及自己的民族和文化，并把人们思维中许多新出现的抽象概念具体化。隐喻与文化是密不可分的。任何语言的生存发展都离不开赖以生长的社会文化环境，社会文化又在一定程度上制约着语言使用者的思维方式和表达能力（白靖宇，2010：3）。由于不同语言及文化的差异，对隐喻的理解也面临着跨文化的阻碍，尤其是在隐喻翻译中，既保持文化喻体同时又传达出译文寓意，这是翻译中的一个难题。

二、概念隐喻中的文化因素

要理解修辞格之类的文化负载词，就不得不结合产生这些文化负载词的土壤——特定的文化（陈科芳，2001：135）。概念隐喻作为一种特殊的修辞格，深深根植于社会生活之中，承载着丰富的文化喻体意象。隐喻是用源域与目标域之间的映射以及意象图式来解释本体意象，是一种"跨域映射"，是一种思维方式，使人们参照已知的、熟悉的、具体的概念去认识和思考未知的、陌生的、抽象的概念的认知方式（刘法公，2008：69）。概念构造我们的思维方式，构造我们在世界上与他人联系的方式，所以概念系统在我们日常现实中扮演着中心角色。如果我们认为概念系统大部分是隐喻性的，而且这种认为绝对正确，那么我们思维的方式及我们的经验、我们每天的行为都存在于隐喻中（Lakoff，1980：4）。根据他们的观点，语言使用中的隐喻只是一种表层现象，

第十三章　文化视角下概念隐喻的翻译策略：以《红楼梦》中的隐喻翻译为例

真正发挥作用的是深藏在我们概念系统中的隐喻概念。

（一）概念隐喻的特点

隐喻是一种认知现象，但隐喻的主要表现形式是语言。语言中的隐喻有多重表现形式。对不同的隐喻表现形式和特征进行讨论有助于我们加深对隐喻本质和特征的理解（束定芳，2000：51）。隐喻作为一种语言现象，有多重语义特征，如矛盾性；临时性；模糊性；不可撤销性；程度性；系统性；局部性；方向性等等特点，本文摘取概念隐喻最突出的一个特点即系统性来分析隐喻的语义特征。隐喻涉及所在领域整个系统内部的关系转移，因此隐喻概念具有系统性的特点（束定芳，2000：79）。例如在"TIME IS MONEY"这个概念隐喻中，我们可以看到许多有关金钱的词汇用来表达同一概念：waste time（浪费时间）；save hours（节约时间）；cost me an hour（花了一个小时）；invest a lot of hour（投资很多时间）；budget（预算）等等。在我们语言中，隐喻词语与隐喻概念的对应具有系统性，所以我们可以利用隐喻性词语来研究隐喻概念的本质，了解人类认知活动的隐喻特征。

（二）概念隐喻中的文化因素

隐喻的基本功能是提供通过某一经历来理解另一经历的某些方面的可能性（Lakoff，1980：154）。但由于不同文化之间的差异，每一种文化下人们的经历也不尽相同，所以对同一概念的理解方式也存在着差异。文化差异影响对隐喻的理解，因为不同的民族有不同的文化传统（束定芳，2000：218）。例如，同样是用"兰花"作喻体，英语民族的人与汉语民族的人对兰花的情感态度不一样，对用"兰花"作为喻体的隐喻的理解也就不一样。英语中，由于orchid一词在词源学上的原因，有些墨守成规的礼法人士之一，而在汉语中，兰花代表着"高雅""脱俗"。这种文化意象不一致或文化意象缺位的现象，对隐喻的理解造成极大的影响。在隐喻翻译中，面对隐喻带有的文化烙印，译者首先应对隐喻所涉及的两种文化有深入的了解，然后根据译文读者的认知状况和对某一文化现象或意境的认知水平进行评估，争取跨越隐喻中的文化因素，实现文化信息的传递。

三、概念隐喻的翻译策略

隐喻普遍存在于我们生活中，这意味着隐喻翻译必须履行隐喻内涵和形式的转换任务。隐喻翻译是一切语言翻译的缩影，因为隐喻翻译给译者呈现出多种选择方式：要么传递其意义，要么重塑其形象，要么对其进行修改，要么对其意义和形象进行完美结合，林林总总，而这一切又与语境因素、文化因素密不可分，与隐喻在文内重要性的联系就更不用说了（Newmark，2001：113）。所以在隐喻翻译中，译者必须涉及两种语言及文化的思维过程，我们称之为跨文化认知和思维的过程。

（一）概念隐喻翻译的文化制约

翻译是转换两种语言的一项跨文化活动，实质上是不同文化之间的交流。如果文化是身体，语言则是身体中的心脏，只有这两者融合才能维持生命的能量。如同在做心脏手术时人们不能忽视心脏以外的身体其他部分一样，我们在翻译时也不能冒险将翻译的语言内容和文化分开处理。由此可见，语言、文化与翻译之间是一种水乳交融、不可分割的关系。

隐喻翻译的文化制约，即在隐喻中涉及的喻体和内涵在互译的两种文化中出现不一致的情况，这样文化因素会影响译者的理解和选择。如不同文化在隐喻联想上有不同的指代范围和意识基础，汉语言文化中通常把红色代表革命，代表吉祥，由此有诸如"红军"、"红色根据地""红红火火过新年"之类的表达，而在英语文化中 red 则常代表 anger, danger, 诸如"be in red""a red rag to a ball"之类的表达。此外，不同文化对隐喻中涉及的形象存在着不同的价值衡量标准，如"龙"被视为中国人的象征，代表着力量和胜利，通常被列为"望子成龙""龙凤呈祥"等等这样的称颂性描述，而在英语中"dragon"代表着一种凶猛残暴的动物，通常为贬义。所以隐喻涉及的物体及相关的联想、价值衡量标准沉淀于不同的民族文化之中，存在着不同的内涵。就翻译的实质来说，并非是不同语言的转换，而是用不同语言对原作内涵文化的再现，是翻译与传播文化（陈科芳，2010：133-134）。因此概念隐喻翻译中，译者应承担"文化使者"的义务，接通汉英隐喻的关联文化隐喻

第十三章 文化视角下概念隐喻的翻译策略：以《红楼梦》中的隐喻翻译为例

内涵，从所掌握的汉英语言和文化中寻找原文和译文喻体所表达的两个事物或概念的关联内涵，在原文与译文隐喻概念上建立起某种同质或相似与相近的寓意关系，使原文与译文的喻体形式与喻指都吻合，达到译文与原文都传递同一个隐喻意象（刘法公，2008：255）。

（二）概念隐喻的翻译策略

概念隐喻理论认为，我们赖以思维和行动的整个概念系统本质上是隐喻性的，所以人类的思维过程在很大程度上都充满隐喻性。这种理论给隐喻比较与翻译带来了全新的翻译原理。我们运用概念隐喻的理论比较汉英隐喻的概念意义，然后在翻译过程中把汉英隐喻的概念意义对应起来，就找到了隐喻翻译的成功之道，进而就大大提高了隐喻的翻译能力（刘法公，2008：63）。下面结合例子来探讨如何准确传递隐喻翻译中的文化意象及内涵喻义。

1. 直译即保留源语中的喻体

依据人类生活的共同经验，处于不同文化情境下的人们对形象的感知也有很多相通之处。在隐喻翻译中，当两种语言下的认知方式相同，语言形式统一，就可采用直译的方法，保留源语中的喻体形象和内涵喻义，完整再现译文中的语言信息及隐喻体现出的美学价值。例如，在爱情隐喻中，由于情感是人类最普遍的生命体验，也是认知活动的重要组成部分，在汉英文化中通常存在着相似的喻体形象来描述抽象的情感，这种相似为隐喻翻译提供了基础。《红楼梦》中一个重要的关于爱情的隐喻，即"爱情是水"，水是具体的事物，爱情是抽象的情感，从"水"这个源域概念到"爱情"这个目标域之间形成的跨域映射，使我们通过"水"认知抽象的"爱情"。而且这个隐喻在汉英文化中有相似的隐喻内涵意义，存在着相似的认知基础。因此在《红楼梦》中"爱情是水"这个隐喻可以通过直译来充分再现"水"这个意象。

后院墙下忽开一隙，得泉一派，开沟仅尺许，灌水入墙内，绕阶缠屋至前院，盘旋竹下而出（《红楼梦》第十八回）。

Hawkes 译文：A stream gushed through an opening at the foot of the garden wall into a channel barely a foot wide which ran to the foot of the rear tenace thence round the side of the house to the front, ...

杨戴译文：Through a foot-wide opening below the back wall flowed a brook which round past the steps and the lodge to the front court before meandering out through the bamboos.（肖家燕，2009：162-163）

原文中九曲回折的水流被喻来形容黛玉这位红楼才女绵绵不绝的心事；后院得泉，缠阶绕出，又从竹林而出，得自清幽之处，流经清幽之地，这恰恰在以水喻人来描绘黛玉孤高喜静的气质，两种译文都通过直译的方法，分别用 brook 与 stream 再现"潇湘馆之水"，完整充分再现了"黛玉是水"这一隐喻。把原文的喻体喻义完整地传达给了译文读者。这是因为两种文化的认知方式相似，都具有同样的形象及联想意义，所以得以保持对等的形象及风格。

2. 意译即平行转换喻体形象

隐喻的普遍性意味着人类的认知模型里存在着相似性，两种文化对同一事物存在着同一概念隐喻，只是隐喻的喻体形象存在着差异。喻体选择的差异本质上就是两种语言的各种文化差异，而文化差异又源于各民族的思维方式、审美情趣、价值观念等心理文化的影响。语言是一种心理现象，心理现象也是一种文化现象（刘法公，2008：95）。例如虽然"爱情"是人类共有的一种情感，但汉英两种文化中存在着不同的爱情观，这也导致产生不同的隐喻意象。汉文化中的爱情观受中国传统哲学中阴阳和谐观的影响，所以通常用"比翼鸟""连理枝""鱼水"等等成双成对的事物隐喻爱情，而西方文化自由奔放，通常用"火和日"这样热烈的事物来隐喻爱情，因此有 LOVE IS FIRE 和 LOVE IS SUN 这样的概念隐喻。翻译中，我们就不能把源语中的认知方式即喻体照搬到目标语中，而不得不按照目标语的认知思维方式，将原文中的喻体平行转换成适合于目标语文化中的喻体。

下面摘取《红楼梦》中"爱情是月"这个概念隐喻来分析这种译法。"爱情是月"隐喻的过程是：因团圆而延伸离合，因离合而延伸"情爱"寓意。特别是中国古代神话故事——"嫦娥奔月"促进了作为"情爱"的形成（肖家燕，2009：157）。"月"的阴性指向与"阴阳和谐"的哲

第十三章　文化视角下概念隐喻的翻译策略：以《红楼梦》中的隐喻翻译为例

学理念相结合，由此产生了"爱情是月"这个概念隐喻。而在英语文化中，"月"这个喻体意象并没有关于爱情的联想意义，即"月"的喻体内涵在英语文化中缺位，在英语语言中没有义项。例如：

自古嫦娥爱少年（《红楼梦》第四十六回）

Hawkes 译文：The Fairy moon ever loved a young man.

杨戴译文：From of old, young nymphs have preferred youth to age.（肖家燕，2009：178）

喻体"嫦娥"在汉民族的心中寓意固定，思维形象相同，而这种传说意象在英语民族文化与思维中是缺项。在原文中，"嫦娥"泛指年轻貌美的女子，寓意指责鸳鸯想着嫁给宝玉之类的年轻公子。Hawkes 译文保留了 moon 这个隐喻意象，可这容易造成英语读者不能理解这个意象。而杨戴译文采取了意译的方法，用希腊神话中的山林水泽女神之名 Nymph 对应汉语古代神话中的月宫仙子，她们同是貌美的神话人物，不同的是她们对应的文化不同，这种意译的方法通过找出与原文形象比喻平行对应的另外一种文化形象，实现了喻体的转换，从而让译文读者更清晰地理解原文的寓意。不同文化喻体意象的不一致是隐喻翻译中突出的障碍，良好的隐喻译文必须涉及两种语言文化的思维过程。我们应该提出，喻体意象转换是隐喻翻译成功的标志，是对隐喻翻译的高要求（刘法公，2007：47）。

3. 文化喻体直译，增加内涵"解"译

在隐喻翻译中，若直译隐喻的文化喻体，当这种喻体意象在目标语文化中缺位时，目标语读者必然因其思维中没有对应的文化背景信息而不理解这种喻体意象；若意译文化喻体的寓意，源语隐喻的文化喻体就会在译文中缺失，寓意严重亏损，目标语读者不能领略源语的文化寓意。在这种情况下，要保全源语隐喻的喻体，同时又传递其中的丰富寓意，我们可以借鉴汉语歇后语的结构把带有汉语文化喻体的隐喻翻译分成前后两个部分，即隐喻文化喻体的"直译"+文化内涵"解"译（刘法公，2008：296）。这种解释不能等同于意译，而是一种提示性翻译。这样的译法中，源语隐喻文化喻体的译文前一部分出自原文，后一部分

"解"译则是译者根据原文的语境和文化背景知识给予寓意提示,是追加出来的文化内涵信息,而这部分信息恰恰使译文读者能充分理解原文文化喻体的直译。不难看出,这种创新译法在很大程度上解决了翻译中的文化亏损问题,接通了双语文化喻体的意象内涵。下面以《红楼梦》中引用的一个典故来解析这种译法。

树倒猢狲散

桂廷芳译文:When the mighty tree falls, the crowd of monkeys which it had sheltered(桂廷芳,2003:447)。

刘法公译文:Once the tree fall, monkeys on it will disperse—no more power to depend on(刘法公,2008:300)。

"树倒猢狲散"原义为树倒了,树上的猴子只好散去。隐喻义为为首的人一旦倒台了,那些他的属下也会一哄而散。这个隐喻富含汉语文化的精髓,有着深厚的历史文化背景。译文一用完全直译的方法,虽然保留了源语中的文化意象,但译文读者思维中缺乏这种汉语历史文化知识的积淀,所以肯定无法领略意象背后的喻义。译文二采用了直译加解译的方法,不仅再现了源语丰富的文化喻体,而且还追加了文化内涵信息,可让译文读者在理解喻义的基础上充分领略到我们汉语丰富的文化底蕴。这种翻译方法克服了把汉语文化照搬进英语译文的"直译"缺陷,也避免了把汉语文化隐喻"脱脂""脱水"式地转述出来的"意译"弊端,使英语译文"意""象"结合,相得益彰(刘法公,2009:56)。

四、结语

隐喻翻译中原文的喻体转换成译文的喻体也是一种隐喻理论中的"跨域映射"的过程。由于隐喻承载着丰富的文化内涵,其翻译受到文化因素的制约,很难做到既保留喻体,又传达寓意。本文剖析了影响隐喻翻译的文化因素,并提出了三种翻译策略,以便在翻译中更好地处理这些文化因素。现有的翻译方法还不能完全解决翻译中文化意象亏损的问题,导致文化信息不能被充分传递。所以在隐喻翻译研究中,应结合概念隐喻的理论,创立新的译法解决文化意象亏损的问题。

第十三章 文化视角下概念隐喻的翻译策略：以《红楼梦》中的隐喻翻译为例

» 本章参考文献

[1] Lakoff, George & Johnson, Mark. Metaphors We Live By [M]. Chicago: University of Chicago Press, 1980.

[2] Newmark, Peter. Approaches to Translation [M]. Shanghai: Shanghai Foreign Language Education Press, 2001.

[3] 白靖宇. 文化与翻译 [M]. 北京：中国社会科学出版社，2010.

[4] 陈科芳. 修辞格翻译的语用学探解 [M]. 上海：复旦大学出版社，2010.

[5] 桂廷芳. 红楼梦汉英习语词典 [Z]. 杭州：杭州出版社，2003.

[6] 刘法公. 弥补文化喻体意象亏损译法探讨 [J]. 中国翻译，2009（6）：56.

[7] 刘法公. 谈汉英隐喻翻译中的喻体意象转换 [J]. 中国翻译，2007（6）：47.

[8] 刘法公. 隐喻汉英翻译原则研究 [M]. 北京：国防工业出版社，2008.

[9] 束定芳. 隐喻学研究 [M]. 上海：上海外语教育出版社，2000.

[10] 肖家燕.《红楼梦》概念隐喻的英译研究 [M]. 北京：中国社会科学出版社，2009.

第十四章 幽默的文化依赖性及其翻译策略：以《围城》的英译为例

一、引言

幽默是特定环境和场景下社会行为的一部分，是人类展示智慧的手段。幽默不仅是一种语言现象，更是一种文化现象，通常与宗教信仰、意识形态、社会观念、政治制度、文化习俗等有密切的关系。在幽默的翻译实践中，直译、替换、归化、异化以及注释法是重要的策略。《围城》是著名的讽刺性小说，幽默是其最重要的特征，学贯中西的钱钟书那些贯穿始终的嬉笑怒骂，笑中带泪的幽默道尽了小人物们的悲喜剧。该作品的英译中对幽默翻译的处理对译文的质量具有至关重要的影响。本文以《围城》英译本为例，从文化和翻译关系的宏观角度分析翻译中文化内涵传递困难的原因，进而着重从文化缺失的角度解释幽默翻译困难的原因，强调翻译活动的文化输出，尤其是汉语文化输出的重要性。同时对《围城》英译本中幽默翻译采用异化的翻译方法进行利弊分析。

二、幽默与文化

离开了语境和文化，就没有幽默。来自不同文化的背景的幽默面对不同的受众时，就需要翻译这个语言中介，在这场跨文化的交际中，幽默翻译需要承载的是两种文化之间的交流，在汉英两种语言之间，双方语言的文化缺失必然造成翻译和理解的困难。

（一）幽默及其分类

幽默是一种具有制笑功能的交际形式，在人际交往中起着特殊的作用。根据幽默与语言的关系，幽默可以分为言语幽默（verbal humor）和非言语幽默（non-verbal humor），本文言语幽默主要以语言为媒介，根据特殊的语境，运用轻快而诙谐的笔调，通过影射、讽刺、夸张、双关等手法批评和揭露现实生活中的乖谬，以达到表达思想、发人深思等效果。无论幽默语的意义有多广泛，幽默语主要分为三类。第一类来自情景和现实，称为情景或现实性幽默。第二类属于文化性或基于文化的幽默。第三类称为语言型幽默。

（二）幽默的文化依赖性

了解中西方的文化渊源与差异，对有效的跨文化交流具有深远的现实意义。幽默翻译是一项具体的跨文化交际活动，在实践的翻译活动中，存在诸多的困难，常常出现出发语的幽默进入目的语之后，完全无法传递原来的幽默因素，因而达不到幽默的效果。是因为幽默与文化之间有着密切的联系，可以说特定的文化下产生了特定的幽默，离开了特定的文化环境，幽默就没有了赖以生存的环境。在英语和汉语两种语言之间，如果不对对方的文化背景，包括国家或民族的历史、地理、风土人情、传统习俗、生活方式、文学艺术、行为规范、思维方式、价值观念等有深入的了解，不熟悉对方的日常生活，我们面对来自对方文化的幽默时，是不可能笑出来的。幽默的文化依赖性一方面告诉我们，需要进行他国文化的输入，也要进行本国文化的输出；但另一方面由于在如今的全球化的时代背景下，英语作为强势语言渗透到其他的国家，西方的文化也向许多弱势国家输入，处于弱势的汉语在汉译英时文化内涵的传递就面临了很大的缺失，造成汉译英的困难，在幽默翻译时就便显得愈加明显。

三、幽默的翻译

文化和翻译之间存在着密切的联系，相互依存，文化内涵地传递给翻译带来了一定的困难，所以只有熟悉和理解了翻译处理中的文化内涵，灵活地选用恰当的表达，才能完成文化信息的正确传递。

（一）幽默翻译的文化制约性

幽默翻译的文化依赖性就是制约幽默向目的语传递的制约，就英语和汉语的互译上，一方面中西方文化的巨大差异造成了翻译和理解幽默的困难，另一方面，文化的缺失，尤其是西方对中国文化的缺失，造成了翻译和理解的困难。可以说，客观的差异是造成理解和翻译困难的主要原因，而动态发展的文化交流中，中国文化处于的劣势，造成了文化输出的逆差，特别造成了汉语幽默英译的障碍。在翻译实践中会产生几个误区，主要表现为：对原文化不理解和理解不到位；译者只注重字面表达而忽视对文化内涵的传递；忽视读者的认知能力和理解能力。同时文化缺位也造成了文化传递和理解的困难。

（二）从《围城》英译本看幽默的异化翻译法

珍妮·凯利和茅国权的《围城》英译本对《围城》在英语世界的推广发挥了重要的作用，英译本中对幽默翻译的处理在整个翻译中至关重要，在大量文化缺位的情况下译者多采用了异化的翻译策略。下面结合例子来进行分析。

例1. 鸿渐道："哎哟，你又来了！朋友只好绝交，你既然不肯结婚，连内助也没有了，真是赔了夫人又折兵。"

"ayo! Then you go again. I might as well cut off my friends since you refuse to get married. I do not even have a wife. It's true case of 'losing a wife and having one's friends destroyed'".

Note: losing at both ends, from a story in the Three Kingdoms.

"赔了夫人又折兵"出自典故"赔了夫人又折兵"，虽然直译的方法让英语读者可以从字面上体会到双重损失的含义，但周瑜当时被刘备众兵的"赔了夫人又折兵"一言，气得吐血的场景，以致后世用来表现得不偿失的惨痛损失几乎无法表现。原文对这句典故进行了注释，直译加注释的异化的方法保留了原文的表现形式，增加了汉语文化的输出，但即使是增加了注释，译文还是较生硬难懂。

例2. 以后飞机常常光顾，大有绝世佳人一顾倾城，再顾倾国的风度。

Later, the plants kept coming in much the same manner as the peerless beauty whose "one glance could conquer a city and whose second glance could vanquish an empire."

第十四章 幽默的文化依赖性及其翻译策略:以《围城》的英译为例

"一顾倾城,再顾倾国"出自东汉班固的《汉书外戚传下考武李夫人》,原指因女色而亡国,后约定俗成指妇女的容貌极美。钱钟书把敌机光顾比作美人顾盼,新奇而又讽刺,在亡国乱世的时候,钱老的乐达精神体现无疑。译文采用了直译的方法,但"顾"的翻译"glance"没有顾的两重意思,一为顾盼,二为光临。而此处的顾在强调美人顾盼的同时,讽刺了敌机的"光顾"。如果英文读者不了解中国古代妲己,褒姒等亡国祸颜的历史的话,很难体现原文幽默中强烈的讽刺意味,所以笔者认为,此处如能加上对倾国倾城典故的注释,英语读者将会更好地体会到原文幽默的意图。

例3. 桌面就像《儒林外史》里范进给胡屠户打了耳光的脸,刮得下斤把猪油。

The table top looked like Fan Chin's face in The Scholars after Butcher Hu had given him a slap.

《儒林外史》是清代小说家吴敬梓创作的章回体小说。作者对生活在封建末世和科举制度下的封建文人群像的成功塑造,以及对吃人的科举、礼教和腐败事态的生动描绘,使小说成为中国古代讽刺文学的典范。西方读者如果对《儒林外史》这部小说所要讽刺的社会现实和对古代科举制度下文人没有了解的话,从译文几乎不能体会原文那啼笑的讽刺幽默。译文对"一层猪油"也没有进行翻译。此处是对中国历史文化的缺失,造成了翻译的困难,即便是加入了一层猪油的意象,英语读者体会到的幽默也只是表层的幽默,并不能了解这段幽默深层的调侃的讽刺。

例4. 日记上添了精彩的一条,说他现在才明白为什么两家攀亲要叫'结为秦晋':"夫春秋之时,秦晋二国,世缔婚姻,而世寻干戈。亲家相恶,于今为烈,号曰秦晋,亦固其宜。"

One day after hearing his wife criticize Mrs. Sun, Tun-weng in a sudden inspiration added a splendid passage to his diary stating that now at last he understands why two families seeking a marriage alliance called it "joining together as Ch'in and rsin. In the Spring and Autumn Period, the two states of Ch'in and rsin were allied through marriage, and yet every generation thereafter took up arms. The mutual hatred between in laws being at its fiercest today, to call it Ch'in and rsin is quite fitting.

此处，钱钟书对婚姻这个围城做了一场彻底的讽刺，"秦晋之好"是指结为亲家，但他考据历史，发现结为"秦晋之好"的典故中，两国甚为交恶，来讽刺现实婚姻亲家冤家路窄，不得和平。原文采用了直译的方法，基本上传递了原文的幽默内涵，西方读者在理解起来不具有文化的障碍，因为婚姻的"围城"绝对不是一个独特的现象，可以得到广泛的共鸣，同时也传递了中国的文化。

例 5. 二奶奶三奶奶打扮得淋漓尽致，天气热，出了汗，像半融化的奶油喜字蛋糕。

Second Daughter in-law and Third Daughter in-law had done through makeup jobs which, became they had perspired so much in the heat, like the half melted"happiness" character on wedding cakes.

本段同样采用了直译的方法，因为在理解妆容在汗水下变花的景象，中外读者都有共同经历，所以在理解融化的蛋糕比喻花了的妆容上没有障碍。但奶油喜字蛋糕是中国特有的食物，这儿产生的物质词汇的文化缺失，译者采用的是英语中相近的意象替换，使英语读者更易理解。

中国文化偏好引经据典，婉转隐晦，异化的翻译方法可以保留文化的表现形式，但过于单纯的异化方法容易丧失深层的文化内涵，使译文生涩，增加读者的理解难度。在如今全球化的背景下，汉语文化的输出在强势语言英语面前，明显处于弱势地位，所以只有在英语读者具备一定的中国文化的基础上，异化的翻译才会加速中国文化的传递。

四、结语

幽默的文化依赖性决定了其翻译的困难性，在全球化的背景下，处于文化输出逆差的中华文化在汉语到英语的翻译中更是处于不利位置，文化的缺位和错位本身就造成了幽默翻译以及整个文化翻译中文化内涵

第十四章 幽默的文化依赖性及其翻译策略：以《围城》的英译为例

传递的困难，《围城》英译版的出版对推动中国文化起到了重要的推动作用，其中对整篇著作的精髓——幽默的翻译策略值得以后的翻译研究人员，尤其是汉译英研究人员学习和借鉴。通过对文化和幽默关系，中西方文化差异渊源和表现的探讨，揭示了幽默的文化依赖性以及幽默翻译难之所在，其深层原因是，一方面客观的文化缺位和错位造成了幽默翻译的困难，另一方面，在全球化的背景下，汉语文化的输出逆差也加剧了幽默汉译英的困难。在翻译的文化研究还处于初级阶段的宏观背景下，幽默翻译如果要取得现实有效的进步具有一定的困难。一方面我们要加强汉文化的输出，另一方面在研究《围城》的个案的过程中，我们意识到单纯的异化翻译方法在一定程度上对汉文化的推广做出了贡献，但一味地单纯、生涩的异化会造成文化内涵的丧失。选择可行性翻译方法的同时，在文化的宏观方面做好汉语文化的输出，减少文化的缺失，在幽默翻译方面是相辅相成的。

» 本章参考文献

[1] ketan, D. Translating Cultures. Manchester: St. Jerome, 1999.

[2] Nida, E. A. Language, Culture and Translating. Shanghai: Shanghai Foreign Language Education Press, 2003.

[3] Nida, E. A. The Theory and Practice of Translation. Shanghai: Shanghai Foreign Language Education Press, 2003.

[4] 钱钟书. 围城. 北京：人民文学出版社，2001.

[5] 钱钟书《围城》汉英对照本. 珍妮·凯利&茅国权译. 北京: 人民文学出版社，2003.

[6] 邱懋如. 文化及其翻译 [J]. 外语与外语教学，1998（2）.

[7] 王东风. 归化与异化：矛与盾的交锋 [J]. 中国翻译，2002（5）：25.

第十五章　关联理论视角下的诗歌隐喻翻译：以李白诗歌的英译为例

一、引言

隐喻在生活中无处不在，不仅存在于我们的语言中，更在我们的思想和行为中。(Lakoff, 1980：3) 对隐喻概念的理解已经走出修辞学的局限，成为哲学、语言学、心理学以及认知科学领域的一个研究热点。(邱艳芳，2009：87) 关联理论的产生为隐喻的研究带来了新的视角，而在关联理论的基础上产生的关联翻译理论为翻译研究开辟了新的视野。从关联理论的视角看翻译的本质，翻译是一种推理交际行为，更强调翻译的明示——推理交际本质；翻译本质上是一个译者在原语认知语境和目的语认知语境之间寻求最佳关联性的过程。(朱燕，2007：8) 翻译过程是一种认知推理交际。在诗歌隐喻的翻译中，要充分考虑诗歌的文化内涵，结合读者的认知语境，以期从原交际者的明示行为中找到最佳关联性，然后在译语中传递这种最佳关联性，为诗歌隐喻寻求有效的翻译策略。

二、关联理论与诗歌隐喻

（一）诗歌隐喻的文化内涵

隐喻不仅是一种语言现象，也是一种文化和认知现象，是人类将其某一领域的经验来说明或理解另一类领域的经验的一种认知活动。在诗歌中，隐喻有着极其广泛而深刻的运用，诗歌与隐喻有着千丝万缕的联系。隐喻放大了诗歌的独特魅力，将诗人内在的灵感情怀显露出来，是诗歌审美价值的重要体现。读者能通过隐喻与自己的文化背景认知环境相结合，产生联想，得到自己的诗意体验，提升了诗歌的审美效果。

由于人类活动和认知系统的相似性，英汉两种语言里隐喻的用法有很多的相同之处。但隐喻又是与民族文化密切相连的，每一种语言的隐喻都有其自身独特的文化内涵，所以，英汉两种语言的隐喻都反映了各自的民族文化特色。诗歌作为语言艺术的精品，更具有典型的文化特征。诗歌的隐喻不仅是诗意情怀的显现，它独特的文化内涵更造成了翻译策略的难点。在中国古代诗歌中，常有以梅兰竹菊比作清高正气的君子之风，但在英语文化中，这些花只不过是众多植物中的一些，并不能使人们联想起高洁正气之风。诗歌的隐喻能够体现不同民族的文化内涵和积淀，因此诗歌隐喻给翻译带来了障碍。

（二）关联理论与诗歌隐喻的关联性

关联理论是由 Serber 和 Wilson 合作提出的。该理论认为言语交际是一个认知过程，强调了人的认知在语言使用中的作用，认为人们是根据人类认知假设去理解话语的，而人类认知假设的条件是关联原则，即根据相关的信息认知事物。（Serber & Wilson，1986：37）话语的内容、语境和各种暗含，是听话人对话语产生不同的理解，但听话人不一定在任何场合下对话语所表达的全部意义都能理解，他只用一个单一的、普通的标准去理解话语，这个标准足以使听话人认定一种唯一可行的理解，这个标准就是关联性。（朱燕，2007：5）所谓最佳关联性就是指受话者在理解话语时用恰当的处理努力来获得足够的语境效果。最佳关联性是以人类交际为取向的（何自然、冉永平，1998：96）。最佳关联是寻找理解话语的最佳语境，使话语简单易懂，减少获取信息者要理解信息所付出的努力尝试。

隐喻的理解是一个寻求相似性的过程，在隐喻本体和喻体中寻找最佳关联的过程。诗歌中隐喻的使用是诗人追求最佳关联的结果。隐喻翻译给译者呈现出多种选择方式：要么传递其意义，要么重塑其形象，而这一切又与语境因素和文化因素密不可分。译者在进行翻译时，应充分考虑认知语境的影响，体会原语作者的意图，了解译文读者的认知语境，顺利解除译语和原语之间的沟通障碍，寻求最佳关联，采用适当的翻译策略，以实现文化交流。

三、诗歌隐喻的翻译策略

（一）诗歌隐喻的关联性及其翻译

诗歌是隐喻应用最广泛的文学体裁，诗人所传达的感情，灵感和思想都体现在隐喻的运用中，因此，诗歌隐喻的翻译对于体现诗歌魅力、准确表述诗歌的内涵有着极其重要的影响。对诗歌隐喻的翻译应遵循最佳关联性原则，既能传达出隐喻所暗含的意义，又能在给读者提供语境效果方面与原隐喻相似；译文既表达出试图阐释的意义，又不使读者付出不必要的处理努力；对隐喻的翻译既实现诗人的交际意图，又能考虑到读者的接受能力和水平，使诗人的交际意图与读者的期待相吻合，产生最佳关联性。翻译在此被认为是一种"以关联为准则，以顺应为手段，以意图为归宿，尽量使译文向原文趋同的动态行为"。（赵彦春，2003：117）

（二）李白诗歌隐喻的翻译策略

李白是盛唐最杰出的浪漫主义诗人，他的诗雄奇飘逸，艺术成就极高，对隐喻的运用也十分精彩。他讴歌祖国山河与美丽的自然风光，风格雄奇奔放，俊逸清新，富有浪漫主义精神，达到了内容与艺术的完美统一。在他的诗歌中，隐喻的运用丰富多彩，因而选取李白的诗歌隐喻来探讨诗歌隐喻的翻译策略。

1. 直译

当诗歌中的隐喻形象和内涵可以被目标语读者所接受，寻找到切合的语境来理解，便可采用直译的方法来阐释隐喻。在李白诗歌《赠汪伦》的诗句"桃花潭水深千尺，不及汪伦送我情"中，作者将他与知己汪伦的友谊比作桃花潭水的深度，情谊深重远不是深达千尺的潭水可以比拟的，以此突出二人的情谊以及作者对汪伦的感激之情。

许渊冲的翻译为：

However deep the Lake of Peach Blossoms may be,
It's not so deep, O Wang Lun, as your love for me.

汉学家 Burton Watson 的译文为：

第十五章 关联理论视角下的诗歌隐喻翻译：以李白诗歌的英译为例

Peach Flower Pool a thousand feet deep is shallower than love of Wang Lun who sees me off.

二人的翻译皆采用直译法，保留隐喻的原始意象，将汪伦对李白的情谊与桃花潭水直接比较，对目标读者来说，他们能够直接地获取原隐喻的语境效果，正确理解诗文的意思，即情谊的深厚远不是深邃的潭水可以比拟的。目标读者可以在理解隐喻时用恰当的处理努力来获得足够的语境效果，即达到了最佳关联性。

再如在《长门怨》中有诗句："夜悬明镜青天上，独照长门宫里人"，此处以明亮的镜子比喻天上皎洁的明月，形象生动。在目标语中也可以从明镜这个意象联想到皓月当空，因而采用直译法就能达到最佳关联性的结果。

许渊冲的翻译为：

The night holds up a mirror bright in azure sky,
To show the fair on earth as lonely as on high.

2. 换喻

换喻是指当目标读者对原隐喻的认知存在困难时，不能够轻易地寻找到足够的语境效果去理解诗句，可以采用换喻的翻译方法，将原隐喻换作目标读者易理解易获取语境的比喻。如在李白的诗歌《长相思》中："赵瑟初停凤凰柱，蜀琴欲奏鸳鸯弦"，柱上雕饰凤凰的赵瑟，我刚刚停奏，心想再弹奏蜀琴，又怕触动鸳鸯弦。鸳鸯在中国文化中是爱情之鸟，一生一世只有一个伴侣，在中国文化中常以鸳鸯比喻恩爱夫妻，美满爱情。但是在英语中却没有这样的文化语义，因而如果翻译作 mandarin duck 就不能较好地表达原诗句的意思。因而许渊冲在翻译时将鸳鸯译作 lovebird，即符合原文的比喻意义，又能使目标读者理解其意。

许渊冲的翻译为：

My harp on phoenix-holder has just become mute,
I'll try to play upon lovebird springs of my lute.

经过换喻处理之后，目标读者能够付出有效努力获取足够的语境效果，达到最佳关联性，了解原诗句所要表达的情感。

143

3. 舍喻

当目标读者对原隐喻的理解存在困难时，可以采用舍喻的方法来翻译，即舍弃原隐喻，直接翻译诗句。例如李白的诗歌《送友人》中"此地一为别，孤蓬万里征"是说从这里分别之后，友人就将像孤独的蓬草那样随风而转，飘摇万里之外。怎不叫人牵挂！这一联是流水对，有如行云流水般流畅自然。"孤蓬"是指随风飘转的蓬草，以比喻漂泊无定的孤客，蓬草是一种植物，叶似柳叶，子实有毛。这种特定的隐喻是在独特的文化背景下才能够理解的，英语表达中并没有此种用法，因而若采取直接翻译会使目标读者产生困惑不能理解原诗文所表达的含义。在翻译此诗句时，需要将作者表达的对友人的牵挂之情，友人此后生活的漂泊之苦表现出来。

孙大雨的翻译为：

We are to bid each other here our adieus,

And ye would wander far away ere this night.

孙大雨采用舍喻的方法，避免了目标读者花费巨大的精力去追寻原隐喻的语境，在翻译之后，读者能够在话语理解时通过有效的认知判断获得足够理解诗句的语境效果，能够达到最佳关联性。

再如李白的《秋浦歌》中："不知明镜里，何处得秋霜"，以秋霜比喻萧萧白发，体现作者的哀愁之情对现实的失望与不满。但是由于文化的差异，目标读者并不能从秋霜联想到白发，若翻译为 autumn frost，会造成理解的困难，因而较好的翻译方法是舍去秋霜这个隐喻，直接翻译为白发。

Take a look of me in the mirror, I puzzle,

From where comes the gray on my temples.

四、结语

隐喻作为最富想象力和阐释性的修辞手法，在古代诗歌中有着广泛的应用。对诗歌隐喻的传统翻译研究往往是建立在寻求喻体和本体的相似性上，侧重于隐喻在诗歌中产生的效果和美化作用，忽略了隐喻产生的过程和读者理解隐喻的认知过程。本文从古代诗歌中的隐喻角度出发探寻隐喻的翻译策略，通过关联理论，探讨了直译、换喻和舍喻三种翻译方法及各自的使用条件。翻译时要考虑到读者的思维模式，遵循认知原则，填补作者与读者间的认知语境不对称性和文化缺省，以期达到最佳翻译效果。

» 本章参考文献

[1] butt, E. A. Translation and Relevance: Cognition and Context [M]. Shanghai: Shanghai Foreign Language Education Press, 2004.

[2] Lakoff, G. & M. Johnson. Metaphors We Live By [M]. Chicago: University of Chicago Press, 1980.

[3] Serber & Wilson. Relevance: Communication and Cognition [M]. Oxford: Basil Blackwell, 1986.

[4] 何自然，冉永平. 关联理论——认知语用学基础 [J]. 现代外语，1998（3）.

[5] 邱艳芳. 从认知角度看英汉隐喻所折射出的民族文化内涵 [J]. 龙岩学院学报，2009（4）：87-89.

[6] 赵彦春. 关联理论与翻译的本质——对翻译缺省问题的关联论解释 [J]. 四川外语学院学报，2003（3）.

[7] 朱燕. 关联理论与文体翻译研究 [M]. 长沙：国防科技大学出版社，2007.

第十六章 意象翻译中的文化亏损及补偿策略

一、引言

不同民族由于地理环境、宗教信仰、思维方式等方面的差异，在语言文化上也出现了差异，而文化意象是文化最能体现民族特性的一部分，文化意象因此具有相对固定的独特的含义。正是因为文化意象的这种独特性，一种文化中存在的意象在另一种文化中就可能缺失或错位。本文试从文化角度对意象翻译中意象的亏损及其翻译方法作相关探讨，旨在有效地传递这些具有民族特征的文化意象，尽量减少文化亏损。

二、文化意象

"意象"是文学作品中不可或缺的组成部分，是客观物象与主观情感的融合，即借助客观物象表现出来的主观情感。"意象"也是表情达意的重要手段，在文学作品中有着某种特殊含义和文学意味的具体形象。中国古代许多学者通过意象来表达他们的喜怒哀乐，如李商隐在诗句"春蚕到死丝方尽，蜡炬成灰泪始干"中，用"春蚕"和"蜡炬"这两个具体的物象来表达诗人连绵不断的相思之情。到了现代，"春蚕"和"蜡炬"又被用来比喻老师无私奉献的精神。文化意象大多凝聚着各民族的智慧和历史文化的结晶。文化意象这种有着某种特殊文学意味的具体形象，其表现形式多种多样：它可以是一种动植物，如汉语里的松、竹、梅、龙等，英语中的玫瑰花、百合花、猫头鹰等；它可以是一句成语、谚语或典故，如汉语中的"四面楚歌""负荆请罪"等，英语中的"paint the lily（费力不讨好）"等；它还可以是某种颜色或某个数字，如汉语中的"红色""八"等，英语中的"蓝色""十三"等。

三、文化亏损

不同的民族由于其各自不同的环境、文化传统，往往会形成其独特的文化意象。意象中所含文化特别丰富，许多意象是某种文化特有的。由此可见，文化之间存在差异已是不争的事实，这给意象翻译带来种种障碍和困难，因此在文学翻译中，文化亏损现象经常发生。所谓文化亏损，即误将文化差异当作文化共核，在以源发语的文化模式来硬套目的语导致交际失败的情况下，译者以目的语的文化形象重新取代源发语的文化形象，虽然交际成功，但留下的遗憾是源发语文化亏损。无论多么好的译文，如果失落甚至歪曲了原文的文化意象，那就会使读者感到美中不足，有时还会使读者产生错误的印象。具体来讲，翻译文化意象时遇到的困难主要是由以下几个方面造成的：

（一）意象空缺

有时相同的物象，在某一民族文化的人心理存在文化意象，在另一民族的人心理却没有文化意象。如汉语文化中，梅兰菊竹有特别的含义，在英语文化中却没有相同的意象，而英语中的 oyster 指沉默寡言的人，而汉文化中，它只是普通的生物，没有特别的意象。而我们在翻译中还会碰到另一类词，即只在一种文化中存在，而在另一种文化中不存在。如李白的著名诗句"烟花三月下扬州"中"扬州"是一个独特的文化意象，在英语中就没有合适的对应词。

（二）意象错位

相同的客观现象或物体在不同文化中代表的意象不同或完全相反，这就是文化意象的错位，即不同民族对相同的客观现象或物体赋予了不同的文化内涵。英语民族的"Milky Way"就是汉民族的"银河"。对于同一宇宙景观，西方人把它想象成一条路，而中国人把它想象成一条河。"世界各族人看到的是同一客观现象，不同的民族语言却给它'刷上了不同的颜色'。"（谢天振，1999：182）在中国古代诗词中，常借柳树来抒发离别思念之情，而 willow 在英语国家文化中常使人联想起悲哀和忧愁等。这表明 willow 与汉语中的柳树虽所指物体相同，但其中所包含的文化内涵却不同。

（三）意象转换

除了上述两种情况，在表达同一或相似的文化内涵时，不同民族可能会采用不同的意象，这就是意象转换，如"力大如牛"英语为"as strong as a horse"（力大如马）；"穷得像叫花子"英语为"as poor as a church mouse"（穷得像教堂里的老鼠）；"挥金如土"英语为"to spend money like water"（挥金如水）；"这山望着那山高"英语为"The grass is always greener on the other side of the fence"（篱笆外的草更绿）。

（四）意象部分吻合

除了上述几种现象，还有一种即相同的客观现象或物体在不同文化中的意象部分吻合。如"狐狸（fox）"在中英文化中都有"狡猾"的含义，但汉语文化里与此词有关的描述大都是贬义的，如"狐狸精、狐朋狗友、狐假虎威"等，而英语文化里人们在形容狐狸狡猾的同时，也多了一份对它外表的俊俏和内在的精明的认同和赞许，其贬义色彩没有汉语文化那样浓厚。

综上所述，由于不同民族在文学意象表达上存在着或大或小的差异，因此从源发语到目的语的翻译过程中或多或少地存在着文化亏损现象，这也构成了翻译中的挑战。译者的责任就是努力使原语作者的意图与读者从中获取的信息相吻合。但是在翻译的过程中，由于各民族文学意象的独特性，译者有时不能够把文化意象包含的原文作者的意图传达得既充分又准确。换言之，由于英汉民族之间的文化差异导致的文化亏损在所难免，因此，译者在翻译文化意象时能做到的是尽量准确地传达原文作者的意图，把文化亏损降到最低限度。

四、意象的翻译策略

（一）意象保留法

当源语中的意象在译语中能产生一致的或相似的效果，即所引起的读者反映相同时，可以采用直译的方法，因为直译既能把源语中的意象介绍到译入语，又能保留原文中的文化意象。这是最理想的意象翻译方法，但前提是这些意象能被中西读者所理解。比如英汉语中都有大量的以动物为意象的短语，而由于英汉一些文化的相通性，同一种动物会产生相同或相似的喻义，因此，"as sly as a fox" 可以译作"像狐狸一样狡猾"，"as busy as a bee" 译作"像蜜蜂一样忙碌"。英文中"Dripping water wears through a stone"，在中文中有对应的表达"水滴石穿"，"Strike while the iron is hot" 被直译成"趁热打铁"。正是由于这种文化共性，才使不同民族和文化间的交流和理解成为可能。

另外，当译语中无现成的意象与源语中的意象相对应，但直译能被译语读者理解和接收时，可以保留源语中的意象。如英语中的"to shed crocodile tears"，有人将其翻译成汉语中的"猫哭耗子假慈悲"，还有一种译法，将其直译为"掉鳄鱼眼泪"，这种译法不仅能够达到为译语读者理解的效果，还有利于不同文化之间的交流。

有时借词也是一种方法，借词有助于丰富本族文化，达到传递文化的目的。例如，"象牙塔"被译成"ivory tower"。"象牙塔"这个意象始于西方，而如今，此意象已被广大中国人民所接受。又如，"丘比特之箭"被译为"Cupid's arrow"。汉语表达"血浓于水"就是借用英语中"Blood is thicker than water"的表达。

（二）意象转换法

某些意象经过历史文化的长期沉淀，带有一定的民族特色，具有相对固定的比喻或象征意义，例如在中国文化中，红豆喻相思，杨柳象征离情别绪。不同的文化内涵必然造成这些意象在翻译过程中的失落，因为在不同的文化中，意象的完全对等是不可能的。作为译者，需要尽可能地再现原文中的文学意象，但由于中西文化的不同，译者很难使原文和译文中的意象在形式和内容上保持一致。当无法在译语中准确表达源语中意象的文化内涵时，可用符合译语表达习惯并为译语读者所熟悉的意象来替换，这就是意象转化法。这样虽然舍去了源语的意象，但仍可借助译语中相应的意象，使译语读者产生与源语读者相似的反应。在汉语中有两个很典型的词："龙""凤",它们在汉语文化里被认为是皇权的象征,"龙"代表皇权,而西方人却认为龙(dragon)是凶残的怪兽,因此不能直译,以免造成误解。如果直译则违背了"等效"原则,译文读者很难获得原文读者对原文的感受。

具有跨文化普遍性的形象可以直译,但那些具有鲜明民族色彩的形象就不适用直译的方法。当译入语中存在相同的意象,但其文化含义不同时,为了准确地传达意思,译者可以用译入语中另一个含义相同的意象替代,以免造成误读。在中西审美感受不同的情况下采取意象替代的翻译方法,在目的语中找到能与源语在读者心中产生同样影响的意象。如竹子在英国比较罕见,中文里的"春笋"和英语的"bamboo shoots"在文化含义上并不对等。"雨后春笋"如译成"like bamboo shoots after a spring rain"就不能在英美人心中唤起一种生机勃勃、欣欣向荣的景象,如直译必然造成文化含义的失落。处理此类问题的方法是在译语中找到另一个能引起读者相同反应的形象。因此,上例中可以将"春笋"译成英语中的"蘑菇",因为英语中"mushroom"一词有迅速生长的意思。尽管换了一种形象,却能产生预期的读者反映。再如:

He was naturally a night owl.(包惠南,2003:222)

他天生就是个夜猫子。

因为猫头鹰有黑夜外出的习惯,所以在英语中猫头鹰常用来指代熬夜的人。而在汉语中常用"夜猫子"而不用"猫头鹰"来表达相似的意思。故采用替换意象的方法来处理这一意象。

(三)意象解释法

意象解释法即在直译的基础上增加适当的解释性的词,意象解释法可分为将意象释义和加注。当涉及文化差异,某些意象无法在译入语中再现,也无法在译入语中找到相对应的意象来替换,翻译时就要舍弃原文中的意象,将意象具体解释为意义,通过释义作意义上或背景上的补偿,能使读者想象出原语的意象。如"Every family is said to have at least one skeleton in the cupboard"通过解释的方法译成"衣橱藏骷髅,家丑家家有"就比完全只考虑接受者的归化译法"家家都有一本难念的

经"巧妙得多。"衣橱藏骷髅"是直译,"家丑家家有"是意义上的补偿。又如:

这时候他的心里,仿佛临考抱佛脚的学生睡了一晚,发现自以为温热的功课,还是生的。

Like a student who has crammed for an examination but finds he has forgotten everything after a night's sleep.(Kelly & Nathan,2003:98)

在西方没有"抱佛脚"这类意象,在译入语中也找不到相似的意象,故不能采用替换法,此时宜采用意象释义法,将意象的深层意思译出来,使读者更易理解这些在本普通话中缺损的意象。在这类情况下,译者只能舍弃原文意象。这种方法虽然不能保留原文意象,但保留了原文意思。再如:

跑了不知多少趟,总算有眉目了,又得往这一处签字。(张培基,2007:40)

在字典中"眉目"的意思为"事情的头绪或事务的条理",常用来比喻事情有了个大概,有了一定的进展。在西方有眉目这个意象,但没有相同的引申义,也没有相似的意象。如果译者直接译成"the eyebrow and eye",西方读者很难理解其中的含义,故采用释义法。此处可以译为"appear signs of a positive outcome"。

加注是在直译或音译的基础上进行补充性的注释。当遇到这类独特的文学意象,如直译,外国读者很难理解,如意译,即采用归化的方法,外国读者感受不到中国文化的独特性,不利于文化传播。为顾及原文形式,译者很难在译文中增加解释性的词时,常用这种修补方法。这种方法通过增加三言两语把意象中的内涵意思表达出来。如"铁饭碗"可先直译成"iron rice bowl",然后进行加注:"for a long time, Chinese workers are enjoyed the privilege of the 'iron rice bowl' system, having a job for life"。

(四)意象增加法

在源语意象的基础上再添加新的意象这种做法无疑是为了让译文更加生动形象,译者没有仅仅直译源语中的意象,而是根据读者对象,增添了新的意象,译出了作者的意图和作品的主旨。首先可以在译文中保留源语意象并添加新意象。对于李商隐的诗句"春蚕到死丝方尽,蜡炬成灰泪始干",许渊冲翻译时将原文中"丝"的隐含意思"思"补译了出来:The silkworm till its death spins silk from love-sick heart.(许渊冲,2006:151)译者在此以添加说明的方法处理这一意象,译文的妙处还在于 silk 和 love-sick 之间尾音相似的发音。

其次还可以在"零意象"基础上植入新意象。在意象翻译中,源语中并未出现任何意象,译者会借助在目的语中添加新的意象来增添译文的形象感和生动感。相对而言,这种零意象的增值翻译更加普遍些。意象翻译的扩增策略不仅为译者提供意象翻译的另一种方法,同时帮助读者更好地认识和理解文学作品。意象翻译的扩增并未造成"意"的变更,是译者为了让读者感受到作者的意图,借用了读者所熟悉的意象使其在联想中寻求理解上的共鸣,所以在目的语中增添新的意象的做法无疑只会让译文更具生动形象感,如"沧海月明珠有泪",译者许渊冲在此增加信息,译为"In moonlit pearls see tears in mermaid's eyes"(许渊冲,2006:103),显然,译者是为了让西方读者感受到"月下珠泪"的凄清之境,借用了西方妇孺皆知的童话故事"美人鱼"这一意象,译文读者产生了与原文读者相同的感受。意象翻译的扩增策略从侧面说明了译者从翻译目的出发,遵循了"归化"的翻译原则以适应读者的需求。

(五)意象省略法

有些意象无法在译语中再现,也无法在译语中找到相对的意象来替换,翻译时的方法就是舍弃源语中的意象,而译出源语意象的含义。比如汉语中象征吉祥喜庆的红色是中国传统婚礼的主色,而在办丧事时,丧家人必须穿白衣,戴白帽以示哀悼,因此汉语中"红白喜事"指"婚事"和"丧事",将其翻译成英语时不能按字面意思直译,而只能意译为"weddings and funerals"。再如李白的诗《送友人》中这一句:"浮云游子意,落日故人情。"译者的翻译如下:

With floating cloud you'll float away;
I'll part from you like parting day.(许渊冲,2006:89)

这句诗通过意象的直接叠加构成隐喻，凝练中传达了诗人的无限情意，翻译的关键就在于几个意象的传达上。诗人与友人分手道别，情意浓浓，充满对友人的关怀和不舍。译文虽然没有了"游子"、"落日"等意象，但舍"形"而取"意"，表达出了诗人对友人的依依惜别之情。

五、结语

文化意象是一种特殊的文化标志，承载着大量的文化信息。在不同的文化中，语言会体现出其文化性和民族性，如何在意象翻译过程中尽可能减少意象流失，是每个译者孜孜以求的目标。译者在翻译时可采取意象保留法、意象转换法、意象解释法、意象增加法、意象省略法等进行处理。无论采用何种方法，译者在翻译文化意象时的主要任务是尽量地保持原汁原味，最大限度地减少文化亏损。

» 本章参考文献

[1] Bassnett, Susan. Translation Studies[M]. Shanghai: Shanghai Foreign Language Education Press, 2004.

[2] Kelly, Jeanne. & Nathan K. Mao. Fortress Besieged [M]. Beijing: Foreign Language Teaching and Research Press, 2003.

[3] Nida, E.A. Language and Culture—Context in Translation[M]. Shanghai: Shanghai Foreign Language Education Press, 2001.

[4] Verschueren, J. Understanding Pragmatics[M]. Beijing: Foreign Language Teaching and Research Press, 2000.

[5] 包惠南. 文化语境与语言翻译 [M]. 北京：中国对外翻译出版公司，2003.

[6] 谢天振. 译介学 [M]. 上海：上海外语教育出版社，1999.

[7] 许渊冲. 翻译的艺术 [M]. 北京：五洲传播出版社，2006.

[8] 张培基. 英译中国现代散文选 [M]. 上海：上海外语教育出版社，2007.

第十七章 林语堂英译中国儒家经典作品研究：基于功能翻译理论的视角

一、引言

由德国学者莱思（reuss）、弗米尔（Vermeer）、曼特瑞（Manttarix）、诺德（Nord）等人建立的功能翻译理论，其核心在于翻译的目的或译文的功能，为评价那些译者采用"自由"的翻译方法生产的译作提供了理论依据。林语堂作为一位"两脚踏中西文化，一心评宇宙文章"的文学家和翻译家，一生翻译了很多中国的典籍，其中以他对中国儒家经典作品的翻译在西方的反响最大、影响最为深远，而他的翻译实践在很大程度上就是"一种自由的形式"。本文拟在功能翻译理论的基本框架下来分析林语堂英译儒家经典作品的汉英文本，并试从目的论的视角来分析这些翻译策略的采用原因。

二、功能翻译理论

功能翻译理论的提出为研究编译作品提供了重要的理论依据。该理论与传统的翻译理论视角有所不同，它解构了诸如翻译"等值"等传统的翻译理论观念，强调翻译的目的、重视译文的功能，重新定义了原文和译文的关系，从而大大提升了译者在翻译过程中的主体性和能动性。功能翻译理论主要有三大分支，即翻译行动论、语篇分析理论和目的论。翻译行动论认为"翻译活动是为跨文化、跨语言的转换而设计出的一系列行为"[1]，涉及行为的发起者、委托者、原文生产者、译文生产者、译文使用者及译文接受者等六个环节，这些环节各有其不同的行为目的而且紧密相关。该理论的另一分支语篇分析模式跨越了字词的层面，从语篇的高度来整体把握译文。它将翻译分为"文献性翻译和工具性翻译"[2]，前者充当原文作者和译文读者之间文化交流的文献，译文应当充分保留原文的语言文化特色，例如传统的逐字翻译就归于文献性翻译；后者则在目的语的文化中独立地传递信息，译者可以根据其自身目的对原文做出各种调整，例如编译的形式就属于工具性翻译。第三个主要分支翻译目的论的核心是"目的准则"，即翻译目的决定了之后一系列的翻译策略和翻译方法。

三、林语堂英译儒家经典作品分析

（一）源语文本的语篇特点

从语篇分析模式来看，林语堂对中国儒家经典作品的英译属于典型的工具型翻译。在翻译过程中，林语堂为了在英语环境中有效地传播中国的传统儒家文化同时又兼顾到目标读者的阅读习惯与认知水平，采用了与一般文献型翻译截然不同的工具型翻译方法。相对于传统的严丝合缝地贴合原文进行翻译，该方法具有更大的灵活性，译者可以根据需要对原文进行结构性的调整，并且添加自己对原文的阐释性注解。下面从原文的篇章结构和对复杂文体的处理这两个方面着手来逐一进行分析。

1. 原文的篇章结构

众所周知，中国的儒家经典是四书五经，它们对孔孟思想进行了全方位、多角度的介绍。林语堂的翻译所选取的文献包括《论语》《孟子》《大学》《中庸》和《礼记》，这些文献结构布局松散，篇章之间为隐性的逻辑照应关系。如果逐字逐句地采用文献性翻译方法，就会导致普通的英语读者很难读懂，也就无法实现翻译的目的。因此，林语堂在处理这些文献时将所有文献的内容进行重新整合，把各篇的精髓融合成了一本新的著作——《孔子的智慧》。这个翻译作品不光选用了《论语》，还选取了《中庸》《大学》《礼记》的原文和《孟子》的部分章节，再根据选取内容的内在逻辑结构特征，突出了儒家文化最伟大的结晶——孔子的思想，并将其形象和思想汇编成十一章，分别取以概括性的标题。林语堂将5本儒家经典的精华部分抽取出来，按照其对所有作品的理解重新整合，不仅篇章结构与原文大不相同，而且还添加了《史记》中对于孔子的描写作为背景介绍,前五章着重塑造孔子的文化形象,后五章均是孔子思想最具有代表性的精髓部分。这种处理方法使译文突出了孔子这一中心,并且紧紧围绕这一中心进行了详细的阐述,逻辑清晰,层次分明,便于让那些对中国传统文化毫无了解的英语读者以最快的速度了解中国儒家文化的精髓。

2. 复杂文体的处理

林语堂所选用的儒家典籍是对中国儒家文化的解说与表现,文体复杂,既有议论文体,又有记叙文体,而且所有文献均用文言文写成,晦涩难懂。其中包含的许多中国儒家文化所特有的文化专有项,是很难为外国读者所理解的。林语堂在处理复杂文体和文化专有项的问题上采用了下述处理方法。

他首先将原文复杂的文体统一成议论文体,并且根据自己的理解在每一章的开头写一段"译语",概括和总结下面各部儒家经典的思想精华、彼此之间的关系以及译者在编译时对原文进行增删的原因,而且在翻译的每一段节选的中间,也都写一些自己的评述作为承上启下的逻辑关联。例如第八章的起始部分,林语堂首先交代这章节选了《礼记》的若干重要章节,并对这些章节的主要话题"大同世界"与"小康世界"做出概括和比较,最后写道:"在本章我们可以看出礼是包括民俗、宗教风俗规矩、节庆、法律、服饰、饮食居住,也可以说是'人类学'一词的内涵。在这些原始存在的习俗上,再加以理性化的社会秩序的含义,对礼字全部的意义就能把握住了。"[3] 此外,注释的例子在《孔子的智慧》一书中也时而出现。例如第五章第二篇:"由之瑟,奚为于丘之门?门人不敬子路。子曰:"由也,升堂矣,未入于室也。"[3] 林语堂在将这个条目翻译之后又在书页的下方添加了他本人的评注,以补充语境信息、方便读者的理解。

在翻译文化专有项的问题上,译者大量地进行了归化处理,使得最后的译本更贴近目标读者的文化背景与阅读习惯。试看第五章第四篇"The Johnsonian Touch(霸气)",这里选取了《论语》的一部分,用以表现孔子性格中果断、霸气的一面。林语堂在翻译这个标题时并没有照

第十七章　林语堂英译中国儒家经典作品研究：基于功能翻译理论的视角

搬原文的每篇取前两字为题的模式，而是举出十六世纪英国著名诗人、剧作家、评论家 Ben Johnson 作为类比。Ben Johnson 以其个性鲜明，霸气十足而为西方读者所熟悉，以他的行为风格作为标题，可以让西方读者立刻接受孔子在性格上与他接近的一面，从而对孔子的形象有一个生动、直观的理解。另一典型的例子在第五章第六篇"Humanism and True Manhood（人道精神与仁）"，这里林语堂将《论语》中唯一的两条有关"恕"的描述归并到一起，以小标题"The Golden Rule（黄金法则）"统而概之。黄金法则出自于西方最著名的宗教、文化圣典《圣经》，在这个小标题下，林语堂将"己所不欲，勿施于人"的孔子格言翻译成了"Do not do unto others what you do not want others to do unto you."[7] 而这恰恰是黄金法则中最重要的互惠原则（Reciprocity）的内容的否定形式"Do to others to do unto you."西方读者读到这里就会很自然地联想到他们所熟悉的《圣经》中的重要教义，从而顺利地理解孔子的核心思想。

（二）翻译方法的采用原因

根据翻译目的论，译者对翻译的处理方法均由其翻译目的所决定，不同的翻译目的会导致采用截然不同的翻译方法。纵观林语堂的翻译，可以很明显地看出其符合时代背景和个人审美倾向的翻译目的的导向性。下面从译者的主观因素、翻译活动的发起人和赞助人以及目标读者三个方面来阐述林语堂英译儒家作品时对原文的取舍、加工和处理的原因。

1. 林语堂的翻译观

林语堂在为吴曙天编著的《翻译论》作序（即后来的《论翻译》一文）中曾经明确地指出"绝对忠实之不可能"[4]，他认为"译者所能谋达到之忠实，即比较的忠实之谓，非绝对的忠实之谓……其实一百分的忠实，只是一种梦想。翻译者能达七八成或八九成之忠实，已为人事上可能之极端。"之后他又"可以承认 Croc 的话：凡真正的艺术作品都是不能译的。因为其为文字之精英所托，因为作者之思想与作者之文字在最好作品中若有完全天然之融合，故一离其固有之文字则不啻失其精神躯壳；此一点之文字精英遂岌岌不能自存。翻译艺术文大都如此"。在实际的翻译操作中，林语堂也是充分实践了这些观点。他曾在《孔子的智慧》的导言中作了这样的论述:"谁也不可能只靠读《论语》一部书,而对孔子思想发展全面一贯的了解。这就是为什么我不得不从儒家经典及《四书》中选出若干章节来,因为这些章节代表前后连贯的思想,而这些文章是前后一个系统的,是集中于一个主题的。"[3] 由此可见林语堂的翻译观是反对绝对忠实于原文、主张翻译的艺术性、强调翻译就是一种创作。在这种翻译观的指导下,林语堂在翻译中国儒家典籍时倾向于对其进行内容的增删和结构的重组,使之达到一定的艺术高度。

2. 翻译活动的发起人和赞助人

从目的论角度看,翻译活动的发起人和赞助人会影响译者的翻译目的,并且对译者的翻译方法产生一定的导向性作用。林语堂初到美国时,心里"倒很想写一本中国的书,说一说我对我国的实感。"[5] 但是因为不熟悉西方读者的阅读喜好以及美国的图书出版现状等原因未能将其付梓。有一次他被赛珍珠请到家中做客,赛氏提起"要找一位英文好又真正懂得中国文化,而且文笔精确、流畅和优美的作者,来写一部有关中国的书。"[6] 两人一拍即合,于是他就受赛珍珠夫妇邀约,开始用英语撰写文学作品,以此将中国文化介绍到西方世界。他的第一部作品《吾国与吾民》一经出版就广受好评,甚至登上美国畅销书排行榜的前十名。之后林语堂继续与赛氏夫妇合作,对中国的典籍,特别是儒家文化的一系列文献进行了翻译。毋庸置疑,他在处理这些作品时的文本选择与翻译方法的运用都受到了赛氏夫妇的影响,从而使其作品通俗易懂,能够贴近西方读者的阅读品味并且在西方引起极大的反响。

3. 目标读者的阅读习惯

林语堂曾经在《孔子的智慧》序言中详述过西方普通读者的阅读习惯:"西方人读《论语》而研究儒家思想时,最大的困难是在于西方的读书习惯。他们要求的是接连不断的讲述,作者要一直说下去,他们听着才满意。像由全书中摘取一行一句,用一两天不断去思索,在头脑中体会消化,再由自己的反省与经验去证实,他们根本不肯这样"。[3] 换言之,林语堂已经充分意识到在翻译时有必要将所有表达儒家思想的典籍重新梳理,以便用更通俗、流畅的译文来引导西方读者了解儒家思想及其基本的理念，进而了解中国的国情、民俗、中国人的哲学观及其精神追求。因此，他在处理译文时不惜偏离原文，在《论语》的翻译中将Ben Johnson的性格和孔子做比较，以求译文更易于为目标读者所理解。

四、结语

功能翻译理论的提出为评价那些"非忠实的"译本提供了评判的标准。在对中国儒家经典作品进行英译的过程中，林语堂根据源语文本的篇章结构特点和文体特点对译语文本进行了较大的调整。译者选取了若干儒家典籍中的精华篇章，按照一定的逻辑进行了重新编排，在处理复杂文体时将译文统一调整为议论文体，并且对原文中的文化专有项进行了大量的归化处理。从目的论的角度可以发现译者本人的翻译观、翻译活动中发起人和赞助人的参与以及目标读者的阅读习惯都对林语堂的编译方法产生了很大的导向性作用。虽然林语堂对儒家作品的英译在表面上没有忠实于原文，但他在翻译过程中把能否有效实现翻译目的作为其行动指南，从而有效地将中国传统文化的精髓传播到西方主流社会，为实现中西方的跨文化交流做出了不可磨灭的贡献。

» 本章参考文献

[1] Nord, christians. Translating as a Purposeful Activity–Functionalist Approaches Explained [M]. Shanghai: Shanghai Foreign Language Education Press, 2001.

[2] Nord, christians. Text Analysis in Translation [M]. Amsterdam: Rodopi, 1991.

[3] 林语堂（黄嘉德译）. 孔子的智慧 [M]. 南京：江苏文艺出版社，2010.

[4] 吴曙天. 翻译论 [M]. 北京：中华书局，1937.

[5] 施建伟. 林语堂在海外 [M]. 天津：百花文艺出版社，1992.

[6] 施建伟. 林语堂传 [M]. 北京：十月文艺出版社，1999.

[7] Lin, Yutang. The Wisdom of Confucius [M]. Shanghai: Shanghai Foreign Language Education Press, 2009.

第十八章　论影视作品翻译中的译者注

一、引言

译者注是翻译作品中一个重要的组成部分，译者通过加注可以帮助读者更好地理解原文。译者注是对翻译的一种补充，甚至可以被视为一种翻译方法。在西方早期的圣经翻译和中国早期的佛经翻译中都出现了注释的方法，学者对于译者注有着不同的观点。有的学者认为通过对译文加注，某种程度上等于承认译者的失败；而其他一些学者则认为加注可以"保持知识的完整性，同时也显示了译者负责任的专业精神"[1]，因为这表明译者在传达原作意图的同时还关注到读者的阅读体验。在网络字幕翻译中，字幕加注已经成为一种常见的现象，尤其是出现在网络字幕组的翻译作品中。但是目前还没有一套完整的理论来指导影视作品翻译者如何利用译注来帮助观众更好地理解剧情。本文尝试通过对网络字幕翻译中出现的译者注这一现象进行研究，归纳其中译者注的不同类型，进而提出译者加注的一些原则，以期提高网络字幕组的翻译作品质量。

二、翻译中的译者注

译者注，亦称译注，是指"译者添加到翻译文本中的自己认为有用的内容"。[1]译者注和广义上的翻译注释的区别在于，前者只是指译者加入的注释，后者则包括原作者、翻译者、编辑者等所加入的所有注释。本文的讨论范围只涉及前者。对于译者注的早期研究仅涉及简单规定加注的内容和对象，译注被视为一种译者可任意选择的翻译辅助手段，然而"这种工具论视角容易忽视译注作为一种独特的翻译现象而蕴含的文化内涵，亦容易忽略译注折射出来的译者对翻译、对原作文化的态度以及翻译活动如何受制于特定的诗学和意识形态的影响。"[2]因此在后期的相关研究中，研究者开始更多的关注译者注在翻译的文化含义等方面的意义和作用。

目前对译者注的研究主要是就以下几个方面来展开的：哪些内容需要注释、如何进行加注、如何表达注释内容等。Newmark[3]认为有三种情况需要加注并将其称之为译注的文化、技术和语言上的考虑，袁履庄[4]也指出需要加注的三种情况，曹明伦[5]针对英汉翻译中译者的注释提出了六点建议。对于原文中出现的由于语言文化差异造成的难点，采用注释及补充说明可以让译文处于一种丰富的文化及语言语境当中。在文学翻译中，译者注的作用大体可以分为三类：第一，有助于源语言作者和目标语读者之间的交流，第二，补充目标语读者的知识，第三，作为译者表达意见的渠道。由于译者往往要在文学作品中保持"隐身"，所以最后一种译者注在正统的文学翻译中较为少见，而其在网络字幕翻译中则较为常见。

三、网络字幕翻译中的译者注

（一）网络字幕翻译中采用译者注的原因

网络字幕翻译者之所以使用大量的译者注，跟字幕翻译的特殊性、原剧的题材内容和影视剧观众群的需求特性有着密不可分的关系。首先是译文的字数有所限制。字幕翻译一般有严格的字数要求，如果单纯通过文化补偿的方式在字幕中进行解释，可能会造成单个句子的字数增加。而通过注释，译者只需要译出原文的意思或保留一部分原文（尤其是英文缩写词、人名、地名等专有名词），然后对关键词加注。如果注释过长，可以置于屏幕顶部，不影响字幕译文的阅读。其次是原剧的题材和内容。影视剧的台词往往含有大量的信息，从时事政治到衣食住行等均有所涉及，这些信息往往会给观众理解剧情带来重要影响，如果不加注释而直接翻译，不仅可能会给观众的观看和理解剧情造成困难，同时也无法体现出原剧编剧所精心设计的笑点和双关语等重要信息点，从而使观众无法完全欣赏到原剧的精华。再次是影视剧观众群对美剧及其字幕的特殊要求。美剧的主要观众群是年轻人，他们往往具有一定的英语基础。对他们来说，美剧意味着一扇了解美国日常生活和西方文明的窗户，他们在观看美剧时并不仅仅满足于看得懂剧情，而且希望把握细节并从中获得尽可能丰富的语言文化信息，同时提高自身的英语水平。而针对一些语言难点、双关语和社会文化现象所做的注释，则能使观众更好地理解英语语言的妙处，同时拓宽观众的知识面。

（二）字幕翻译加注的可行性

由于受到影视作品字幕翻译中时空限制和瞬时性特点的局限，译者往往无法像翻译书面形式的文学作品那样对一些影响剧情理解的文化背景知识和语言知识加以必要而充分的解释。钱绍昌[6]曾经将"无注性"作为影视翻译的一大特点，但这并非是个永恒不变的原则。事实上，在较早进入中国的《老友记》等美剧的中文字幕版本中，就曾多次出现过字幕中增补的注释。在影视翻译中，字幕注释已经成为其翻译区别于传统字幕翻译的一个显著特点。在具体操作中，根据注释所在的位置，字幕中的译者注可以分为两类，第一类是直接加入译文中，这一类注释一般字数较少，内容较简单；第二类会和字幕的译文同步显示在屏幕上方，这种注释往往信息量较大，一般占据两行字以上。字幕翻译本身就受到时间和空间的多重限制，这就意味着如果译者要在本来就捉襟见肘的时间和空间再加注释的话，注释的信息量必须保持越简短精练越好，但同时也要保证关键信息的准确传达。尽管有诸多限制，但是在目前的网络字幕组翻译的作品中，字幕加注已经逐渐被观众所接受，并且这已成为网络字幕翻译的独特之处。

（三）网络字幕翻译中译者注的示例

目标语的语言规范和文化传统往往会对翻译产生重要的影响。lefevre曾指出，在翻译中"如果语言学方面的考虑与意识形态或诗学方面的考虑发生冲突时，总是后者胜出"。[7]美剧中的各种语言幽默、文化难点在中国经常会遇到水土不服的问题，虽然这些内容中有一些可以通过文化补偿等手段来加以弥补，但是译者还是不可避免地会遇到一些"无法翻译"的内容。钱绍昌在指出影视翻译"无注性"的同时也承认"以下两种情况在没有注解的条件下是很难译的：因中外观众知识面和文化背景的巨大差异而造成的难点，双关语和文字游戏。"[6]对文化差异和语言造成的"不可译"成分加注是字幕翻译中译注的最主要内容。而通过合适的注释，能对这些"不可译的"成分做出补充，准确传达原剧的意思，拓宽观众的知识面，同时也保证观众的无障碍观看。

本研究所选取的语料是来自网络字幕组"人人影视"所翻译的美剧《生活大爆炸》（The Big Bang Theory）。该剧由美国哥伦比亚广播公司（CBS）推出，剧中四位主角Sheldon、Leonard、Raj和Howard都是科学家，他们乐此不疲地拿一些经典理论和科学大家来开玩笑，人物对白中的科技知识则包罗万象；同时他们身为科幻迷，诸如《星球大战》等经典科幻影片的台词也常常为他们所引用。而身为犹太人的Howard、印度移民的Raj、坚信无神论Sheldon和他万分虔诚的基督徒母亲，这些角色又使得影片中出现较多涉及宗教、种族方面的话题。因此，这样一部作品就特别需要相关的注释才能使观众更好地欣赏影片。网络字幕翻译者在加注时，可以分为语言注释、文化注释、术语注释和语外注释。其中语外注释是指在没有台词的情况下，对一些影响剧情理解的演员动作、背景、配乐等所做出的解释，由于这些注释并不涉及双语转换，因此本文主要讨论前三种注释。

语言注释主要是针对美剧中的那些双关的笑话和俏皮话。翻译时要达到与原文在形式和内容上的一致，又能使译文流畅、地道是几乎不可能的，针对这种情况，网络字幕译者往往会采取加注的方法，在译文中直译，在注释中做出进一步的解释。例如：

（1）Howard: This is the worst cobbler I've ever eaten. It tastes like it was made of actual ground-up shoemaker.

霍华德：这是我吃过的最难吃的脆皮水果派，味道就跟出自一个初级的补鞋匠之手一样。（cobbler既有水果派也有鞋匠的意思）

这个例子的笑点在于"一词多义"文字游戏的使用，如果按照原文意思翻译，难免会让观众摸不着头脑，不能理解其中的笑点，但是要把其中的奥妙在译文中三言两语解释清楚也很困难，译者的注释在这里是及时而准确的。

文化注释是指对台词中涉及文化的内容加注，这也是广大网络字幕翻译者比较难评估的一个方面，因为对需要加注的文化点的判定不仅取决于译者的英语水平和对国外文化的了解程度，还在很大程度上取决于观众的需要。文化注释几乎涵盖了生活中的方方面面，因为每一种文化中都有一些为本民族人民所熟悉的人物及事件、带有民族色彩的内容如宗教、礼仪和食物等，对于这些内容，不加注也许并不影响对剧情的大致理解，但观众可能会因此而漏掉这些细节，此时通过加注则能满足观众欣赏影片和了解国外文化的需要。例如：

（2）L: Just Bilbo Baggins' sword over there.

S: Two grown men with a Hobbit's dagger, wouldn't we look silly?

莱：只有比尔博·巴金斯的剑在那边。(《指环王》中魔戒曾经的持有者，霍比特人)

谢：俩成年男人拿着把霍比特人的短剑，看着不傻吗？(霍比特人，《指环王》中角色，特点是长得矮)

术语注释是注释中难度较大的一类，并不是所有的专业术语都会对观众理解剧情造成困难，但对术语注释与否在某种程度上体现了字幕组的专业水准和敬业精神，因此，各大字幕组为了提高注释质量，往往招募有相关背景的译者翻译对应领域的内容，甚至设置了专业顾问。在《生活大爆炸》中，主角往往把经典物理理论运用到现实生活中，此时的注释不仅有助于观众理解剧情，也能拓宽观众的知识范围。例如：

（3）S: Would you prefer a simpler application of Heisenberg's uncertainty principle, in which I could either know where you are or whether I like you, but not both?

谢：你想要海森堡不确定原理（一个粒子的位置和它的动量不可被同时确定）那样更简单的吗？我现在不能同时确定你到底是哪方的或我是否喜欢你？

四、网络字幕翻译中译者加注的原则

首先要从受众的角度来确定加注对象。字幕翻译的效果如何最终要由观众来评价，在此意义上可以说译者是在为观众服务。因此，观众具备什么样的知识结构和理解能力是译者加注时要重点考虑的。在美剧《生活大爆炸》中，主角是科幻迷，很多台词中都引用了来自《星球大战》等经典科幻影片的台词、情节和角色，但是这些经典影片在中国年轻观众中并不是那么流行，因此译者在遇到这些问题时往往会以注释标出。此外，这部剧中的主角都是物理学家，因此出现了很多引用经典物理理论和原理的台词，译者标出这些注释不仅是有助于观众理解剧情，从另一个角度来讲，这部作品要让异国观众体会到其中的妙趣横生，注释是不可或缺的。

其次要确保译者的客观立场。在注释中穿插译者的观点是网络字幕组的一大特点，对于某部美剧的老观众而言，有些注释显得亲切，也会受到部分观众和字幕组成员的支持，甚至被认为是影视翻译的独到之处。但是字幕翻译在互联网上传播广泛，面向所有观众，因此译者还应尽量保持客观的立场，忠实于原剧，准确地传达原作的意义。抛开原作来谈个人观点、对原作妄加评论或是随意借题发挥都应是尽力避免的，因为这会直接影响到观众的判断。

再次要保持注释的精确性。一个文化点可以包括很多信息，但对于理解剧情有帮助的往往只是其中的一小部分，也就是说，观众并不需要在注释中看到全部信息，字幕翻译中注释信息量过大、缺省或者错误可能都会给观众在阅读字幕、了解剧情时造成困难。注释的不精确性主要体现在以下两种情况：第一，正确地确定了需要加注的信息点，但是注释内容没有正确揭示出这一信息点在影片中的意义和作用；第二，选择了错误的信息点加注。这两种情况都是译者应该竭力避免的。

五、结语

翻译中译者通过加入注释，能帮助读者更好地理解原文、加深对源语文化的了解并拓宽知识范围。译者注不仅是一种翻译方法，更是译者主体性的体现，因此，应该重视译者注的作用。但是目前关于翻译中的译者注还没有一套权威的理论体系，译者加注与否，加注的内容和格式的选择等都取决于译者自身的外语水平和理解能力，这一点在影视字幕翻译中体现得尤为明显。尽管译者注在网络字幕组的翻译作品中频频出现，甚至成为网络字幕翻译的一大特点，但目前还是存在着译注不精确、译者主观看法过多等诸多问题。好在网络字幕的译者已经意识到了译注的重要性，并把准确的译者注作为衡量字幕组作品质量的标准之一，但是缺乏一个系统的加注原则还是导致注释中存在较多的错误。通过对网络字幕翻译中出现的译者加注现象进行分析，并提出加注的几个原则，以期引起译者对这个问题的重视，从而提高网络字幕组的翻译作品质量。

» 本章参考文献

[1] Delisle, J, et al. Translation Terminology [M]. Beijing: Foreign Language Teaching and Research Press, 2004.

[2] 李德超，王克非. 译注及其文化解读——从周瘦鹃译注管窥民初的小说译介 [J]. 外国语，2011（5）：77-84.

[3] Newmark, P. Approaches to Translation [M]. Shanghai: Shanghai Foreign Language Education Press, 2001.

[4] 袁履庄. 翻译加注很有必要 [J]. 上海翻译，2004（3）：27-28.

[5] 曹明伦. 谈谈译文的注释 [J]. 中国翻译，2005（1）：88-89.

[6] 钱绍昌. 影视翻译——翻译园地中愈来愈重要的领域 [J]. 中国翻译，2000（1）：61-65.

[7] lefevre, A. Translation, Rewriting and Manipulation of Literary Fame [M]. Shanghai: Shanghai Foreign Language Education Press, 2001.

参 考 文 献

[1] Baker, Mona. In Other Words: A Coursebook on Translation [M]. Beijing: Foreign Language Teaching and Research Press, 2000.

[2] Baker, Mona. The Routledge Encyclopedia of Translation Studies [M]. Shanghai: Shanghai Foreign Language Education Press, 2004.

[3] Bassnett, Susan. Translation Studies[M]. Shanghai: Shanghai Foreign Language Education Press, 2004.

[4] Bhabha, H K. The Location of Culture [M]. London and New York: Routledge, 1994.

[5] Catford, J. C. A Linguistic Theory of Translation [M]. London: Oxford University Press, 1965.

[6] fanes, F. Functional sentence perspective and the organization of the text [A], in F. fanes (ed.), Papers on Functional Sentence Perspective [C]. The Hague: Mouton, 1974: 106–128.

[7] Delisle, J, et al. Translation Terminology [M]. Beijing: Foreign Language Teaching and Research Press, 2004.

[8] Eagleton, T. Literary Theory: An Introduction [M]. Minneapolis: University of Minnesota Press, 1985.

[9] Fawcett, Peter. Translation and Language: Linguistic Theories Explained [M]. Beijing: Foreign Language Teaching and Research Press, 2007.

[10] Firth, J.R. Papers in Linguistics [M]. London: Oxford University Press, 1957.

[11] Gadamer, Hans- gorg. Philosophical Hermeneutics [M].哲学阐释学.夏镇平、宋建平（译）.上海：上海译文出版社，2004.

[12] Ghadessy, M. & Gao, Y. Small corpora and translation: Comparing thematic organization in two languages [A], in M. Ghadessy, A. Henry & R. L. Roseberry

(eds.) , Small Corpus Studies and Elt: Theory and Practice [C]. Amsterdam: John Benjamins, 2001: 335–362.

[13] butt, E. A. Translation and Relevance: Cognition and Context [M]. Shanghai: Shanghai Foreign Language Education Press, 2004.

[14] Halliday, M.A.K. & basan, R. Cohesion in English [M]. Beijing: Foreign Language Teaching and Research Press, 2001.

[15] Halliday, M.A.K.. An Introduction to Functional Grammar (2nd edition) [M]. Beijing: Foreign Language Teaching and Research Press, 2000.

[16] harim, Basil & Ian, Mason. Discourse and the Translator [M]. Shanghai: Shanghai Foreign Language Education Press, 2001.

[17] harim, Basil. Communication Across Cultures: Translation Theory and Contrastive Text Linguistics [M]. Shanghai: Shanghai Foreign Language Education Press, 2001.

[18] Hawkes, David & John, Minford. The Story of the Stone [M]. Harmondsworth: Penguin Books Ltd, 1973, vol.1.

[19] Hemingway, E. The Old Man and the Sea [M]. New York: Charles Scribner, 1972.

[20] Huang, G. W. Experiential Enhanced Theme in English [A], in M. Berry, C. S. Butler, R. P. Fawcett & G. W. Huang (eds.), Meaning and Form: Systemic Functional Interpretations [C]. Norwood, New Jersey: alex Publishing Corporation, 1996: 65–112.

[21] juss, H. R. Toward an Aesthetics of Reception [M]. Minneapolis: University of Minnesota Press, 1987.

[22] ketan, D. Translating Cultures. Manchester: St. Jerome, 1999.

[23] Kelly, Jeanne. & Nathan K. Mao. Fortress Besieged [M]. Beijing: Foreign Language Teaching and Research Press, 2003.

[24] Lakoff, George & Johnson, Mark. Metaphors We Live By [M]. Chicago: University of Chicago Press, 1980.

[25] Leech, Geoffrey. Semantics: The Study of Meaning (2nd edition) [M]. Harmondsworth: Penguin Books Ltd, 1981.

[26] lefevre, A. Translation, Rewriting and Manipulation of Literary Fame [M].

Shanghai: Shanghai Foreign Language Education Press, 2001. Li, C. N. & S. A, Thompson. Mandarin Chinese: A Functional Reference Grammar [M]. Berkeley: University of California Press, 1981.

[27] Li, C. N. Subject and topic： a new typology of language [A], in C. N. Li (ed.), Subject and Topic [C]. London： Academic Press, 1976: 457–490.

[28] Lin, Yutang. The Wisdom of Confucius [M]. Shanghai: Shanghai Foreign Language Education Press, 2009.

[29] Ling, A. Between Worlds: Women Writers of Chinese Ancestry [M]. New York: Paragon Press, 1990.

[30] MARTIN J. English Text: System and Structure [M]. Amsterdam: John Benjamins, 1992:437.

[31] Nabokov, Vladimir. Lolita [M]. London: Penguin Books, 1997.

[32] 洛丽塔. 于晓丹（译）.Nabokov, Vladimir. Lolita [M]. 南京：译林出版社，2005.

[33] Newmark, Peter. Approaches to Translation [M]. Shanghai: Shanghai Foreign Language Education Press, 2001.

[34] Nida, E. A. Language and Culture: Contexts in Translating [M]. Shanghai: Shanghai Forcign Language Education Press, 2001.

[35] Nida, E. A. Language, Culture and Translating. Shanghai: Shanghai Foreign Language Education Press, 2003.

[36] Nida, Eugene A. & Taber, Charles R. The Theory and Practice of Translation [M]. Shanghai: Shanghai Foreign Language Education Press, 2004.

[37] Nida, Eugene A. Approaches to Translating in the Western World [J]. Foreign Language Teaching and Research, 1984(2).

[38] Nida, Eugene A. Toward a Science of Translating [M]. Shanghai: Shanghai Foreign Language Education Press, 2004.

[39] Nord, C. Translating as a Purposeful Activity: Functionalist Approaches Explained [M]. Shanghai: Shanghai Foreign Language Education Press, 2001.

[40] Nord, christians. Text Analysis in Translation [M]. Amsterdam: Rodopi, 1991.

[41] Palmer, F. R. Semantics (2nd edition) [M]. Cambridge: Cambridge University Press, 1981.

[42] Papegaaij, B. & K, Schubert. Text Coherence in Translation [M]. Dordrecht: doris, 1988.

[43] perrone, Laurence. Sound and Sense [M]. Massachusetts: Academic Press, 1965.

[44] Robinson, D. Translation and empire: postcolonial theories explained [M]. Beijing: Foreign Language Teaching and Research Press, 2007.

[45] serber & Wilson. Relevance: Communication and Cognition [M]. Oxford: Basil Blackwell, 1986.

[46] Steiner, George. After Babel: Aspects of Language and Translation [M]. Oxford: Oxford University Press, 1992.

[47] Thompson, G. Introducing Functional Grammar [M]. Beijing: Foreign Language Teaching and Research Press, 2000.

[48] loury, G. Descriptive Translation Studies and Beyond [M]. Shanghai: Shanghai Foreign Language Education Press, 2001.

[49] loury, Gideon. In Search of a Theory of Translation [M]. Tel Aviv: The Porter Institute for Poetics and Semiotics, 1980.

[50] Ventola, E. Thematic development and translation [A], in M. Ghadessy (ed.), Thematic Development in English Texts [C]. London: Pinter, 1995: 85–104.

[51] Venuti, Lawrence. The Translator's Invisibility: A History of Translation [M]. Shanghai: Shanghai Foreign Language Education Press, 2004.

[52] Verschueren, J. Understanding Pragmatics[M]. Beijing: Foreign Language Teaching and Research Press, 2000.

[53] Wang, L. The Structure of Dual Domination: Toward a Paradigm for the Study of the Chinese Diaspora in the United States [J]. American Journal, 1995(2):35–49.

[54] Yang Hsien-yi & Gladys Yang. A Dream of Red Mansions [M]. Beijing: Foreign Languages Press, 1978, vol.1.

[55] 白靖宇.文化与翻译 [M].北京：中国社会科学出版社，2010.

[56] 包惠南.文化语境与语言翻译 [M].北京：中国对外翻译出版公司，2003.

[57] 曹明伦.谈谈译文的注释 [J].中国翻译，2005（1）：88-89.

[58] 陈福康.中国译学理论史稿 [M].上海：上海外语教育出版社，1996.

[59] 陈科芳.修辞格翻译的语用学探解 [M].上海：复旦大学出版社，2010.

[60] 陈萍，崔红.影响翻译等值效度的因素[J].湘潭师范学院学报（社会科学版），2005（6）.

[61] 成丽芳.超句意识、主位结构与汉译英主语的确定[J], 中国科技翻译，2006（2）：16-18.

[62] 程平.翻译等值相对性探析[J].湘潭大学社会科学学报，2002（1）.

[63] 戴玉霞.飞鸿踏雪泥 诗风幕禅意——从接受美学视角看苏轼诗词翻译中禅境的再现[J].外语教学，2011（5）：105-109.

[64] 范祥涛.描写译学中的描写对象和描写方式[J].外国语，2004（4）.

[65] 方琰，艾晓霞.汉语语篇主位进程结构分析[J].外语研究，1995（2）：20-24.

[66] 傅勇林.翻译规范与文化限制[J].外语研究，2001（1）.

[67] 高健.英文散文一百篇[M].北京：中国对外翻译出版公司，2001.

[68] 桂廷芳.红楼梦汉英习语词典[Z].杭州：杭州出版社，2003.

[69] 海明威著，吴劳译.老人与海[M].上海：上海译文出版社，1999.

[70] 海明威著，张爱玲译.老人与海[M].香港：今日世界出版社，1979.

[71] 韩子满，刘芳.描述翻译研究的成就与不足[J].外语学刊，2005（3）.

[72] 韩子满.翻译等值论探幽[J].解放军外国语学院学报，1999（2）.

[73] 何自然，冉永平.关联理论——认知语用学基础[J].现代外语，1998（3）.

[74] 胡壮麟.语篇的衔接与连贯[M].上海：上海外语教育出版社，1994.

[75] 黄国文.英语强势主位结构的句法－语义分析[J].外语教学与研究，1996（3）：44-48.

[76] 黄国文.语篇分析概要[M].长沙：湖南教育出版社，1988.

[77] 黄衍.试论英语主位和述位[J].外国语，1985（5）：32-36.

[78] 姜望琪.主位概念的嬗变[J].当代语言学，2008（2）：137-146.

[79] 李德超，王克非.译注及其文化解读——从周瘦鹃译注管窥民初的小说译介[J].外国语，2011（5）：77-84.

[80] 李国庆.主位推进模式与语篇体裁：《老人与海》分析[J].外语与外语教学，2003（7）：53-56.

[81] 李健，范祥涛.基于主位推进模式的语篇翻译研究[J].语言与翻译，2008（1）：62-66.

[82] 李新云. "第三空间" 的构建——论后殖民理论对中国翻译研究的启示 [J]. 广东外语外贸大学学报, 2008（6）: 65-68.

[83] 李运兴. "主位" 概念在翻译研究中的应用 [J]. 外语与外语教学, 2002（7）: 19-22.

[84] 李运兴. 语篇翻译引论 [M]. 北京: 中国对外翻译出版公司, 2001.

[85] 连淑能. 英汉对比研究 [M]. 北京: 高等教育出版社, 1993.

[86] 林克难. 翻译研究: 从规范走向描写 [J]. 中国翻译, 2001（6）.

[87] 林语堂（黄嘉德译）. 孔子的智慧 [M]. 南京: 江苏文艺出版社, 2010.

[88] 刘法公. 弥补文化喻体意象亏损译法探讨 [J]. 中国翻译, 2009（6）: 56.

[89] 刘法公. 谈汉英隐喻翻译中的喻体意象转换 [J]. 中国翻译, 2007（6）: 47.

[90] 刘法公. 隐喻汉英翻译原则研究 [M]. 北京: 国防工业出版社, 2008.

[91] 刘富丽. 英汉翻译中的主位推进模式 [J]. 外语教学与研究, 2006（5）: 309-312.

[92] 刘宓庆. 翻译美学导论 [M]. 北京: 中国对外翻译出版公司, 2005.

[93] 刘宓庆. 汉英对比与翻译 [M]. 南昌: 江西教育出版社, 1992.

[94] 刘士聪, 余东. 试论以主/述位作翻译单位 [J]. 外国语, 2000（3）: 61-66.

[95] 毛荣贵. 翻译美学 [M]. 上海: 上海交通大学出版社, 2005.

[96] 苗兴伟. 英语的评价型强势主位结构 [J]. 山东外语教学, 2007（2）: 54-57.

[97] 潘文国. 汉英语对比纲要 [M]. 北京: 北京语言大学出版社, 1997.

[98] 钱绍昌. 影视翻译——翻译园地中愈来愈重要的领域 [J]. 中国翻译, 2000（1）: 61-65.

[99] 钱瑗. 对 collocation 的再认识 [J]. 外语教学与研究, 1997（1）: 43-47.

[100] 钱钟书. 《围城》汉英对照本. 珍妮·凯利 & 茅国权译. 北京: 人民文学出版社, 2003.

[101] 钱钟书. 围城. 北京: 人民文学出版社, 2001.

[102] 邱懋如. 文化及其翻译 [J]. 外语与外语教学, 1998（2）.

[103] 邱艳芳. 从认知角度看英汉隐喻所折射出的民族文化内涵 [J]. 龙岩学院学报, 2009（4）: 87-89.

[104] 赛义德. 文化与帝国主义 [M]. 李琨, 译. 北京: 生活·读书·新知三联书店, 2003.

[105] 申连云. 翻译研究中的规定和描写 [J]. 外语教学, 2004（5）.

[106] 施建伟.林语堂传[M].北京：十月文艺出版社，1999.

[107] 施建伟.林语堂在海外[M].天津：百花文艺出版社，1992.

[108] 束定芳.隐喻学研究[M].上海：上海外语教育出版社，2000.

[109] 司显柱.中西翻译观对比研究[J].外语与外语教学，2005（3）：45-48.

[110] 汪榕培.英语搭配新探[J].外语与外语教学，2000（10）：35-38.

[111] 王斌.主位推进的翻译解构与结构功能[J].中国翻译，2000（1）：35-37.

[112] 王东风.翻译文学的文化地位与译者的文化态度[J].中国翻译，2000（4）：2-8.

[113] 王东风.归化与异化：矛与盾的交锋？[J].中国翻译，2002（5）：24-26.

[114] 王桂珍.主题、主位与汉语句子主题的英译[J].现代外语，1996（4）：46-50.

[115] 王俊华.主位、主语和话题——论三者在英汉翻译中的关系及其相互转换[J].西安外国语学院学报，2006（1）：24-27.

[116] 王扬.思维模式差异及其对语篇的影响[J].四川外语学院学报，2001（1）：81-83.

[117] 王岳川.当代西方最新文论教程[M].上海：复旦大学出版社，2008.

[118] 卫景宜.西方语境的中国故事[M].杭州：中国美术学院出版社，2002.

[119] 吴曙天.翻译论[M].北京：中华书局，1937.

[120] 肖家燕.《红楼梦》概念隐喻的英译研究[M].北京：中国社会科学出版社，2009.

[121] 谢天振.翻译的理论建构与文化透视[M].上海：上海外语教育出版社，2000.

[122] 谢天振.译介学[M].上海：上海外语教育出版社，1999.

[123] 徐盛桓.主位和述位[J].外语教学与研究，1982（1）：1-9.

[124] 许钧.翻译动机、翻译观念与翻译活动[J].外语研究，2004（1）：51-55.

[125] 许钧.翻译论[M].武汉：湖北教育出版社，2003.

[126] 许渊冲.翻译的艺术[M].北京：五洲传播出版社，2006.

[127] 杨明.汉译英中的主题、主语与主位[J].山东外语教学，2006（3）：23-28.

[128] 杨明.英译汉中的主位与话题[J].外语学刊，2003（3）：84-88.

[129] 杨信彰.从主位看英汉翻译中的意义等值问题[J].解放军外国语学院学报,1996（1）:44-48.

[130] 姚亮生.谈文化学的翻译观[J].南京师大学报（社会科学版），1999（2）:101-105.

[131] 袁履庄.翻译加注很有必要[J].上海翻译,2004（3）:27-28.

[132] 张宝钧.重新理解翻译等值[J].四川外语学院学报,2003（1）.

[133] 张道振.主位推进与译文连贯的意谓[J].天津外国语学院学报,2006(5):22-26.

[134] 张克定.英语存在句强势主位的语义语用分析[J].解放军外国语学院学报,1998（2）:39-45.

[135] 张曼.意识流小说中主位推进模式的变异与连贯[J].西安外国语学院学报,2005（4）:1-3.

[136] 张美芳.翻译学的目标与结构[J].中国翻译,2000（2）.

[137] 张美芳.中西方译学构想比较[J].中国翻译,2001（1）.

[138] 张南峰.中西译学批评[M].北京:清华大学出版社,2004.

[139] 张培基（译注）.英译中国现代散文选（第2辑）[M].上海:上海外语教育出版社,2003.

[140] 张培基.英译中国现代散文选（第三辑）[M].上海:上海外语教育出版社,2007.

[141] 张思洁,张柏然.试从中西思维模式的差异论英汉两种语言的特点[J].解放军外国语学院学报,1996（5）:8-12.

[142] 张思洁,张柏然.形合与意合的哲学思维反思[J].中国翻译,2001（4）:13-18.

[143] 赵小品,胡梅红.主位推进与衔接手段在汉译英中的应用[J].山东外语教学,2003（3）:76-80.

[144] 赵秀明,赵张进.文学翻译批评[M].长春:吉林大学出版社,2010.

[145] 赵彦春.关联理论与翻译的本质——对翻译缺省问题的关联论解释[J].四川外语学院学报,2003（3）.

[146] 甄凤超.《英语搭配的结构与功能特性》述评[J].当代语言学,2006(2):185-188.

[147] 郑贵友.汉语句子实义切分的宏观原则与主位的确定[J].语言教学与研究,2000(4):18-24.

[148] 朱燕.关联理论与文体翻译研究[M].长沙:国防科技大学出版社,2007.

[149] 朱永生,严世清.系统功能语言学多维思考[M].上海:上海外语教育出版社,2001.

[150] 朱永生.搭配的语义基础和搭配研究的实际意义[J].外国语,1996(1):14-18.

[151] 朱永生.主位推进模式与语篇分析[J],外语教学与研究,1995(3):6-12.